La Faim de l'Alpha

Renee Rose

Traduction par
Agathe M

 Réalisé avec Vellum

Livre gratuit de Renee Rose

Abonnez-vous à la newsletter de Renee

Abonnez-vous à la newsletter de Renee pour recevoir livre gratuit, des scènes bonus gratuites et pour être avertie de ses nouvelles parutions !

https://BookHip.com/QQAPBW

Note de l'Autrice

Chers lecteurs et lectrices,

Quand les droits de publication de la série *Dominateurs Alpha* me sont revenus, après leur première parution chez Stormy Night Publications, j'ai envisagé de rééditer-réécrire ces romans, comme je l'avais fait avec ma série *Made Men*. Près de dix ans se sont écoulés depuis la publication de *La Faim de l'Alpha*, et mes talents d'écrivaine, mon style et mes contenus ont grandement évolué depuis. J'aime toujours les scènes coquines, mais j'ai pris mes distances avec les punitions sévères pour quelque chose de plus sensuel.

J'ai finalement décidé de laisser la série telle qu'elle était ; comme un vestige d'une certaine époque. Cela a beau ne pas être toujours flatteur pour moi, en laissant ce roman tel quel, vous pourrez constater mon évolution de conteuse. *La Faim de l'Alpha* (2015) était mon histoire de patron métamorphe milliardaire 1.0, *La Tentation de l'Alpha* (2017) la version 2.0, et *Grand Méchant Patron* (2024) la 3.0. Qui sait quelle forme prendra un jour la version 4.0 ?

Comme toujours, je vous suis éternellement reconnaissante, vous, les lecteurs qui me poussez à continuer d'écrire, de m'améliorer et d'apprendre pour donner de plus en plus de profondeur à chaque nouvelle histoire. Merci d'être restés à mes côtés pendant tout ce temps.

Chapitre Un

Ben pressa le bouton de l'ascenseur menant au parking et se frictionna le visage. Tandis que la cabine descendait à toute allure, ses cheveux se dressèrent sur sa nuque. Ses instincts l'avertissaient qu'il devait faire attention.

À quoi ? Il leva les yeux pour noter quel étage il venait de dépasser, et sans réfléchir, il pressa le bouton de l'étage inférieur. L'ascenseur s'arrêta et les portes s'ouvrirent en coulissant. Il glissa le pied sur le côté pour maintenir les portes ouvertes et écouta. Sa peau se couvrit de chair de poule. Oui, il y avait bien quelque chose ou quelqu'un ici.

Il sortit, en veillant à rester silencieux. La plupart des lumières étaient éteintes, les ordinateurs en veille. Il était dix-neuf heures trente, et ses cinq cent vingt-trois employés avaient fini leur journée. Il tourna au fond du couloir et ses sens se mirent en alerte lorsqu'il vit un bras étendu sur le sol, sortant de l'un des bureaux. Il s'élança, déjà en partie transformé à cause de l'adrénaline.

Une jeune femme était allongée sur le dos, paupières closes. Qu'est-ce que... ? Quand il s'agenouilla à ses côtés, elle ouvrit les yeux en battant des cils et poussa un cri aigu. Elle tenta aussitôt de se lever.

— M... Monsieur Stone !

Il la prit par le bras et l'aida à se mettre debout, tout en prenant une grande inspiration pour retrouver une vue normale. Sentir la chair de la jeune femme sous sa paume lui compliquait la tâche. Il la lâcha. Pourtant, les poils de ses bras se hérissèrent, et ses instincts continuaient de lui hurler de faire attention. Pourquoi ? Où était le danger ?

— Que s'est-il passé ?

— Oh, rien, s'exclama la jeune femme en chassant les mèches auburn ondulées qui lui tombaient sur le visage. J'ai juste... j'avais une migraine, et comme cela a un effet sur ma vue, je ne voulais pas prendre le volant. J'essayais de méditer pour la faire passer.

Elle parlait vite, sans doute stressée par la présence du PDG dans son bureau.

— Pardon, vous avez dû croire que je m'étais évanouie ou écroulée. Je ne voulais pas vous faire peur.

Ses yeux bleus semblaient plissés de douleur, et pourtant, sa beauté était indéniable. Pommettes hautes, grands yeux, et large bouche sensuelle. Alors qu'il admirait ses lèvres, il sentit sa vue s'aiguiser à nouveau. Il cligna des paupières, repoussant la menace d'une métamorphose, espérant que ses iris n'aient pas changé de couleur. La jeune femme ne semblait pas avoir remarqué quoi que ce soit. Étrange... Aucune humaine, et aucune femme, quelle qu'elle soit d'ailleurs, n'avait jamais eu un tel effet sur lui.

D'un ton trop bourru, il demanda :

— Vous travaillez ici ?

L'odeur âcre de la peur lui apprit qu'il la rendait nerveuse. Ce n'était pas nouveau. Durant ses trois années de règne, les employés de Stone Technologies avaient appris à marcher sur des œufs en sa présence. Il les tolérait à peine. Il savait comment on le surnommait : l'Homme de Pierre. Parce qu'il ne souriait jamais.

— Oui, M. Stone. C'est mon bureau. Je suis assistante marketing.

Elle lui montra un cadre avec une photo d'elle et d'une fille qui lui ressemblait comme deux gouttes d'eau.

— Vous voyez ? C'est mon poste.

— Vous n'êtes pas habilitée à rester là après les heures de travail. Comment comptiez-vous fermer derrière vous ?

Elle écarquilla les yeux.

— Euh, Steve de la R et D est toujours à son bureau. Il m'a dit que je pouvais rester jusqu'à son départ.

Sans savoir pourquoi, le fait qu'elle fasse ami-amie avec Steve – qui qu'il soit – lui donnait envie d'arracher la gorge de ce type. Il se secoua. Qu'est-ce qui lui prenait ?

— Comment vous appelez-vous ?

— Ashley. Ashley Bell.

Elle lui tendit la main.

— Ben Stone.

Il lui serra la main, et une fois de plus, la toucher provoqua chez lui une étrange réaction. Une chaleur fourmilla le long de son bras.

— Je sais, dit-elle avec un sourire.

Il reprit sa main, troublé par la réaction que lui inspirait cette humaine fluette.

— Prenez vos affaires. Je vous reconduis, dit-il d'un ton bref.

La bouche expressive de la jeune femme forma un petit O.

— Euh, ce n'est pas nécessaire, M. Stone. Je peux appeler une amie, ou un taxi, ou...

Elle s'interrompit face à son regard sévère.

— Très bien, dit-elle, obéissante.

Il perçut une autre odeur mêlée à celle de sa peur : de l'excitation.

Il se raidit. Lui plaisait-il ? Le loup en lui bondit, et il dut se concentrer sur sa respiration.

Ashley ouvrit un tiroir et récupéra sa sacoche. Un livre de poche tomba par terre.

Il le ramassa avant qu'elle le fasse.

— Oh, c'est...

Il retourna le livre pour regarder sa couverture. Elle figurait un homme torse nu avec des tablettes de chocolat et des cheveux longs agités par le vent. Une lectrice de romans à l'eau de rose. Adorable.

— Ce livre... n'est pas à moi, dit-elle de façon peu convaincante, les joues joliment rosies.

Elle fourra le roman dans son sac et s'humecta les lèvres. Voir sa langue apparaître lui provoqua un courant de chaleur jusqu'à l'entrejambe. Il prit une autre inspiration et souffla lentement, tentant de comprendre ce qui lui arrivait. Cette fille était humaine, il en était convaincu. Ce n'était pas sa compagne destinée. Elle était faible. Fragile. Pas même capable de supporter une morsure d'accouplement. Comment pouvait-elle éveiller ses désirs les plus primaires quand aucune femme – louve ou humaine – n'y était parvenue ?

Il lui effleura le dos pour qu'elle ouvre la marche, et il crut la sentir frémir. L'odeur d'excitation devint plus forte. Elle lui coula un regard discret.

Une fois enfermé dans l'ascenseur avec elle, son odeur lui emplit les narines. Elle portait un parfum aux riches notes de vanille, mais c'était son odeur naturelle qui enflammait ses veines. Il voulait la toucher à nouveau, lisser le pli entre ses sourcils, celui qui trahissait sa douleur.

Reprends-toi, Ben.

— Alors, depuis quand travaillez-vous pour moi ?

Elle leva les yeux, la bouche en cœur.

— Près de deux ans.

— Ça vous plaît ?

Elle hésita un instant.

— Oui, oui bien sûr.

— Qu'est-ce qui ne vous plaît pas ?

— J'ai dit que ça me plaisait, protesta-t-elle.

— Vous n'êtes pas une très bonne menteuse.

Elle s'empourpra.

— Je suis très heureuse ici. C'est juste que...

Elle se lécha de nouveau les lèvres.

— Je suis impatiente d'avoir plus de responsabilités.

Il la récompensa avec l'ombre d'un sourire.

— Très diplomate, Ashley. Je vous admire. C'est une compétence que je n'ai pas.

Elle sourit et regarda ses pieds comme pour cacher son plaisir. Visiblement, elle connaissait les rumeurs à son sujet.

— Alors vous vous ennuyez ?

Les portes de l'ascenseur s'ouvrirent, lui offrant une nouvelle occasion de la toucher pour l'escorter à l'extérieur. Elle ondulait des hanches et ses talons claquaient sur le pavé.

— Non, répondit-elle. Enfin... honnêtement ? Oui. Mais je sais que je dois gravir les échelons petit à petit. Ça ne me dérange pas du tout.

— J'ai peut-être une place d'assistante à vous proposer au dernier étage, si ça vous intéresse.

Il ne savait pas ce qui l'avait poussé à dire ça. Sa secrétaire tentait de jouer un rôle d'assistante personnelle depuis qu'il avait pris la tête de l'entreprise à la mort de son frère, et il s'en défendait. Mais Ashley Bell avait quelque chose d'enivrant. Il ne pouvait pas l'avoir, mais il voulait la garder à ses côtés, même si pour cela il devait renoncer à la solitude et l'intimité qu'il aimait tant.

Elle lui jeta un regard en coin.

— Assistante, ce n'est pas un joli mot pour dire secrétaire ?

Il résista à son envie de lui donner une tape sur les fesses.

— Vous trouvez que c'est indigne de vous ? Je vous assure que le salaire serait au moins le double, voire le triple du vôtre.

— Non, je...

Elle rougit de plus belle.

Il avait envie de la plaquer à sa Mustang noire et d'embrasser ses lèvres pleines.

— Pardon, c'était impoli de ma part, reprit-elle. Je travaillerais pour vous ?

— Oui... ça vous effraye ?

Elle laissa échapper un petit rire rauque et admit :

— Oui. Mais c'est aussi l'argument le plus vendeur.

Sa réponse lui fit plus plaisir qu'il ne voulait bien l'admettre. Il devait reprendre ses esprits.

— J'ai besoin de vous vendre ce poste ? demanda-t-il d'un ton sec.

Le sourire d'Ashley s'envola.

— Oh... Non, bien sûr. Je... je serais honorée d'être considérée pour ce poste, bien entendu.

Il perçut une nouvelle bouffée d'excitation. Sa sévérité l'excitait-elle ? Une sévérité que lui reprochaient tous les autres employés ? Les loups réagissaient bien à la domination, mais chez les humains, c'était aléatoire. Un regard désapprobateur de sa part suffisait à faire ramper tous ses employés, mais ils n'aimaient pas pour autant se soumettre.

Celle-ci, pourtant, semblait adorer cela. C'était peut-être la raison de son attirance pour elle.

Il lui ouvrit la portière passager et regarda ses jambes fuselées se glisser dans l'habitacle. Quand il s'installa à ses côtés, il lui demanda son adresse et l'entra dans le GPS. Puis il se mit à la cuisiner :

— Études ?

— Une licence d'anglais et de cinéma à l'université du Colorado.

— Quelle moyenne ?

— Trois virgule quatre-vingt-sept, majore de promo, sororité Phi Beta Kappa.

— Passé professionnel ?

— Trois ans comme barista chez Starbucks, deux ans comme serveuse chez Red Lobster. Un stage chez Channel Four, aux infos. Bientôt deux ans ici.

— Quel âge avez-vous ?

— Vingt-cinq ans, répondit-elle en se massant les tempes.

Il regretta aussitôt de l'avoir passée au grill.

— Pardon, dit-il d'un ton plus doux. J'aggrave votre mal de tête ?

Il réalisa qu'elle avait pâli depuis qu'ils avaient quitté le bureau.

— Non, répondit-elle, mais il savait que c'était un mensonge.

— Nous ne sommes pas obligés de parler.

Il fit taire le GPS et se contenta de suivre la carte, conduisant en silence jusqu'à un petit immeuble en briques d'un quartier tendance mais en transition de Denver.

— Je viendrai vous chercher demain matin. Soyez prête pour sept heures.

Elle resta bouche bée.

— Quoi ? Vraiment ?

Il écrivit son numéro de portable au dos d'une carte.

— Appelez-moi si votre migraine vous empêche d'aller au travail.

Elle le regarda d'un air hébété.

— Vous venez me chercher ? Demain matin ?

— Eh bien, vous avez laissé votre voiture sur le parking, non ?

— Si, mais...

Il agita la main d'un geste impatient avec son impolitesse habituelle, la chassant du véhicule.

— Merci, M. Stone.

— Bonsoir, dit-il d'un ton sec.

Il redémarra avant même qu'elle ait fermé sa portière.

Il fallait qu'il s'en aille avant de suivre la petite humaine chez elle et de lui arracher ses vêtements, de la marquer avec ses dents, de la revendiquer... Il secoua la tête. C'était impossible. Parce qu'elle ne le lui pardonnerait pas, déjà. En plus, il ne voulait pas de relation. Cette drôle d'histoire, son intérêt soudain pour une humaine, ne devait pas se concrétiser. Point.

Il soupira et se frotta le visage, l'odeur d'Ashley toujours dans ses narines.

* * *

Malgré sa migraine pulsatile, tous les sens d'Ashley étaient en éveil après son contact avec Ben Stone. Ça, c'était du magnétisme. Certains disaient qu'il avait la personnalité d'un glaçon, mais elle n'avait perçu qu'une pure énergie masculine. Même avec son costume de marque, elle avait vu les contours des muscles sculptés de ses bras et de son torse. Ses traits ténébreux et latins exsudaient le sexe, et son silence le rendait mystérieux. Sans parler de ses yeux vert clair qui semblaient prendre une lueur ambrée sous les spots fluorescents du bureau...

Elle laissa tomber son sac et se fit couler un bain, puis remplit un gant de toilette de glaçons pour le placer sur sa nuque. Chaleur sur le corps, froid sur la tête. Non que cela fonctionne. Quand elle avait une migraine, rien ne l'aidait. Son téléphone se mit à sonner, et elle regarda qui était le correspondant. Mélissa, sa jumelle. Elle répondit.

— Allô ? Comment ça va ?

Mélissa vivait à deux heures de route, à Colorado Springs, mais elles se parlaient presque tous les jours.

— Tu as mal au crâne ?

— Comment tu as deviné ?

— Tu as une voix étranglée. Je suis désolée. Tu as suivi le conseil bain chaud, gant de toilette glacé ?

— C'est en cours. Je t'emmène dans mon bain.

— Du moment que tu ne fais pas tomber ton téléphone dans l'eau. Tu risquerais de t'électrocuter, la taquina Mélissa.

Ashley lâcha un petit rire.

— Tu confonds avec les sèche-cheveux.

Elle se déshabilla et entra dans la baignoire.

— Tu ne devineras jamais qui vient de me reconduire chez moi.

— Qui ça ?

— Ben Stone, le PDG et propriétaire de Stone Tech.

Mélissa siffla.

— Pas mal. Comment t'as fait ?

Elle raconta toute l'histoire à sa sœur, du moment où il

l'avait trouvée allongée sur le sol du bureau à sa proposition de se présenter au poste d'assistante.

— Il est comment ?

— Super sexy, dans le genre ténébreux, un peu à la Batman.

— Il se fait appeler *Stoneman* ? demanda sa sœur en essayant de prendre une voix grave et rocailleuse.

Ashley gloussa.

— Je regrette d'avoir eu cette migraine, parce que je crois que j'ai fait trop de gaffes pour être choisie à ce poste.

— Je ne sais pas, Ash. Il vient te chercher demain matin. Ça laisse plutôt entendre que tu as assuré.

Elle tenta d'ignorer le frisson enthousiaste que lui causaient les mots de sa sœur.

— Je n'irais pas jusque là. Il est dur à cerner. Carrément énigmatique.

— C'est quoi, son histoire ? Il est sud-américain, non ? Et il s'est installé ici pour faire tourner l'entreprise à la mort de son frère ?

— Oui, j'ai lu dans *Business Weekly* qu'il était à moitié latino. Sa mère était américaine, et c'est d'elle que lui vient le nom Stone. Il est diplômé de la Harvard Business School, et il n'a que trente ans. C'est tout ce que je sais. L'entreprise patine un peu depuis qu'il est PDG, mais il refuse de laisser sa place à quelqu'un de plus expérimenté malgré les recommandations du conseil d'administration. Comme il est actionnaire majoritaire, ils ne peuvent pas le virer.

— Tu penses qu'il finira par redresser la barre ?

— Il est assez intelligent pour ça, en tout cas. Certains disent qu'il se fiche de l'entreprise, mais j'en doute. Je ne sais pas, mais j'aimerais bien avoir l'occasion de me rapprocher assez pour me faire une opinion.

— Eh bien, dis-lui ça demain quand il viendra te chercher.

— Lui dire quoi ?

— Que tu veux vraiment ce poste.

Le pouls d'Ashley s'emballa à l'idée d'être de nouveau assise à côté de lui.

— D'accord.

— Tu ne le feras pas, l'accusa sa sœur, repérant sans doute le trac dans sa voix.

— Si, je le ferai. Promis. Tu as raison. Ça vaut le coup de lui lécher les bottes.

— Au fait, devine qui passe me voir ce soir ?

— Oooh, qui ça ?

— Donny. Le mec que j'ai rencontré au match de roller derby. Je t'avais parlé de lui, tu te rappelles ?

— Bien sûr.

Elle avait parfois du mal à suivre ; sa sœur était un vrai cœur d'artichaut.

— C'est super, ajouta-t-elle. Qu'est-ce que vous avez prévu ?

— On va juste regarder un film dont on parlait le soir de notre rencontre.

— Mouais, c'est ça. Je suis sûre que vous allez vous contenter de regarder un film, plaisanta-t-elle.

— Disons que si ses mains deviennent baladeuses dans le noir, je n'appellerai pas la police ni rien, dit Mélissa en riant.

Elles bavardèrent encore un peu et Ashley raccrocha, la tête appuyée sur la porcelaine fraîche de la baignoire, de la glace dans le creux de la nuque. Cette migraine avait intérêt à passer avant le lendemain matin, car elle n'avait aucunement l'intention de rater un nouveau trajet en voiture avec Ben Stone.

***

Le lendemain matin, elle se changea cinq fois avant de se décider pour une jupe courte et moulante et un chemisier en soie. Sa migraine avait presque disparu, même si elle avait toujours l'impression d'avoir les traits tirés et les yeux étrécis. Elle se planta devant la fenêtre de son duplex, prête à partir dès sept heures moins le quart.

Pourtant, quand la Mustang noire apparut, elle récupéra ses affaires et se précipita comme si elle était en retard. Ben sortait tout juste de sa voiture quand elle descendit les marches du porche jusqu'au trottoir. Il s'arrêta, s'appuya à la Mustang, et lui jeta un regard songeur.

— Bonjour, Ashley.

— Bonjour, M. Stone.

Elle ouvrit la portière passager et monta à bord, sa sacoche posée raidement sur ses genoux. Elle regretta soudain de ne pas posséder une serviette en cuir plus chic, au lieu de ce vieux sac d'écolière qui lui donnait l'air jeune et immature.

— Comment se porte votre tête ?

— Mieux, répondit-elle en s'efforçant de sourire.

Il la dévisagea.

— Pas complètement, dit-il.

Son sourire se fana.

— Presque, répliqua-t-elle, étonnamment sur la défensive.

La commissure des lèvres de Ben frémit.

Le cœur d'Ashley s'emballa. Cet homme qui ne souriait

jamais la trouvait-il amusante ? Elle avait l'espoir fou que ce soit le cas.

— Alors... euh, je voulais m'excuser pour mon commentaire sur les secrétaires, hier. Je ne voulais pas passer pour une gamine pourrie gâtée.

Il esquissa de nouveau un sourire et lui coula un regard en coin.

Elle retint son souffle lorsque leurs yeux se croisèrent et se soutinrent, ceux de Ben, avec leurs iris verts et leurs cils noirs, la faisant fondre un peu plus chaque instant. Il se tourna de nouveau vers la route, rompant le sort.

Elle expira et retenta :

— J'espère que vous me considérerez quand même pour le poste. Enfin, j'aimerais passer un entretien, ou déposer une lettre de motivation, quelle que soit la procédure...

Elle laissa sa phrase en suspens. Elle n'avait pas autant de mal à s'exprimer, d'habitude, mais le PDG bourru l'intimidait. C'était en partie ce qui lui plaisait. Ça, son physique ténébreux et le pouvoir qu'il détenait.

— Quinze heures, dans mon bureau.

— Vraiment ? Pour passer un entretien ?

Il ne répondit pas, comme s'il avait un quota de mots par jour et qu'il ne voulait pas le gaspiller pour satisfaire des questions stupides. Elle s'enfonça dans son siège et admira sa conduite fluide.

— Merci d'être venu me chercher.

Nul, Ashley. C'est nul.

Cette fois, il ne lui accorda même pas un regard.

Bon. *Arrête de l'ouvrir, Ash.*

Quand ils arrivèrent au bureau, il se gara à sa place réservée, juste à côté des ascenseurs.

— Merci encore, dit-elle tandis qu'ils montaient dans la même cabine.

Il ne répondit pas, mais ses yeux étaient de nouveau braqués sur elle. Il l'étudiait. Elle se mit à rougir. Les lèvres de Ben frémirent.

— D'où êtes-vous ?

— Oh, lâcha-t-elle, prenant une inspiration pour se remettre de son regard scrutateur. D'ici. De Lakewood.

C'était le quartier de Denver où elle avait grandi.

Il hocha la tête.

— Sports ? Loisirs ?

— Au lycée, je participais à des compétitions régionales en natation, répondit-elle avec espoir.

Cela lui valut un quasi-sourire.

L'ascenseur arriva à l'étage d'Ashley.

— Bon, euh, merci encore. Je viendrai à quinze heures. Je veux dire, j'ai hâte d'être à notre entretien.

Elle sortit de l'ascenseur à reculons. Seul un sourcil haussé lui confirma que Ben l'avait entendue. Les portes se fermèrent en coulissant, et elle soupira avant de rejoindre son bureau avec le sourire. Elle avait décroché un entretien. À présent, il ne lui restait plus qu'à impressionner M. Stone. Que cherchait-il chez une employée ? Elle craignait que chez Stone Technologies, seule une personne ait la réponse à cette question.

* * *

Ben ignorait ce qu'il allait bien pouvoir faire d'une assistante. Il n'aimait pas avoir des gens dans les pattes. Il n'aimait pas entendre leurs murmures et sentir leurs odeurs. Qu'est-ce qui lui avait inspiré ce poste d'assistante personnelle ? Ashley Bell, bien entendu. Pour une raison ou pour une autre, il voulait l'avoir sous la main.

Son odeur persistait, lui emplissant l'esprit de scénarios où il la déshabillait. Il avait envie de plonger les dents dans son épaule tout en la prenant par-derrière, vite et fort. Mais elle était humaine. D'ailleurs, même si c'était une méta-morphe, avec Carlos Sandoval qui cherchait à le tuer, il ne pouvait devenir le compagnon de personne.

Il soupira et décrocha son téléphone pour demander à Karen, sa secrétaire, d'aménager un bureau à côté du sien.

— Bien, Monsieur, répondit-elle.

Elle savait bien qu'il ne valait mieux pas demander d'ex-plications.

Il s'enfonça dans son fauteuil, les pieds sur son bureau, et ouvrit le dossier d'Ashley. Il comprenait bien peu de choses : son CV, sa lettre de motivation, ses références. Mais à quoi s'était-il attendu, à sa biographie ?

Il alluma son ordinateur et chercha son nom sur inter-net. Il trouva trois résultats concluants : l'un parlait de ses compétitions de natation au lycée, et les deux autres de ses réussites universitaires. Il tapa son nom sur Facebook et passa en revue ses photos, qu'elle avait imprudemment lais-sées publiques. La fille qu'il avait vue sur la photo de son bureau apparaissait sur de nombreux clichés. Une sœur identique, à l'exception de sa coupe de cheveux. Elles devaient être jumelles. Elle se déclarait célibataire, et très peu d'hommes apparaissaient sur ses photos, ce qui était une bonne nouvelle, car si un homme se croyait assez bien pour elle, il l'aurait pris en chasse.

Karen l'appela pour l'avertir que son équipe de direc-tion était arrivée pour leur réunion matinale. Il prit sa tasse de café et se dirigea vers la salle de conférence.

Jack, le meilleur ami de son frère et vice-président du service développement, l'attendait sur le seuil avec son éternelle expression pincée et désapprobatrice. Jack était furieux que Ben ait pris la tête de l'entreprise qu'il menait à sa perte, selon lui. Programmeur, il faisait partie de la boîte depuis ses débuts en tant que start-up. Jack avait participé à la création du premier logiciel de jeu et était resté aux côtés de Léon pendant les années de vache maigre, l'aidant à faire grandir l'entreprise.

À la mort de Léon, Ben avait envisagé de vendre ses actions à Jack et de le laisser garder la boîte, tout comme il avait refusé de prendre la tête de la meute de son frère, mais en fin de compte, il avait jugé que c'était une mauvaise idée. C'était à lui que Léon avait légué ses actions, pas à sa femme et à ses enfants en bas âge. Cela en disait long. Si Léon avait voulu que Jack dirige la boîte, il aurait transmis ses actions à Shayla, convaincu que sa famille serait à l'abri du besoin. En les léguant à Ben, il sous-entendait qu'il avait besoin que son frère garde un œil sur les affaires, qu'il s'assure que les profits continuent de bénéficier à sa famille. Et donc Ben s'accrochait, faisant tourner une entreprise valant plusieurs millions de dollars sans expérience. Mais il devait bien cela à son frère. S'il avait fait son devoir depuis le début, Léon serait toujours en vie.

Il pénétra dans la salle de réunion et écouta son équipe lui présenter les rapports de la semaine, qui étaient mauvais, comme d'habitude. Suma Games prenait rapidement des parts de marché sur Stone Technologies. Quand il demandait quelles en étaient les causes, il n'obtenait que des excuses. La première année, il y avait cru, car il prenait toujours ses marques au sein de l'entreprise. Désormais, il flairait les bobards, mais il ne savait pas encore comment réagir. Tout en empilant les rapports devant lui, il élabora un plan.

Quand Karen l'appela dans l'après-midi pour l'informer qu'Ashley était arrivée, il lui demanda de l'envoyer dans la salle de réunion. Il ramassa les rapports fournis par son équipe et alla rejoindre Ashley.

Elle bondit sur ses pieds, faisant rouler sa chaise en arrière.

— Assise.

— Ouaf, dit-elle.

Il haussa un sourcil et dissimula son amusement. Chez Stone Technologies, personne ne lui répondait, mais de la part d'Ashley, il trouvait cela adorable.

Elle piqua un fard.

— Pardon, bredouilla-t-elle en se rasseyant. Je faisais juste une blague...

Il fit le tour de la pièce pour s'installer face à elle, mais il s'assit sur la table plutôt que sur une chaise, posant les rapports et les données financières devant elle.

— Les ventes plongent. Les coûts flambent. Mettez au point dix stratégies pour rectifier la situation, et le poste est à vous.

Elle le regarda bouche bée, ses yeux bleus grand ouverts.

— Euh... d'accord.

Elle se mit à feuilleter les documents. Sa langue jaillit pour humecter ses lèvres, et il faillit gémir.

— Vous avez une heure. Deux, si nécessaire.

Elle soupira.

— D'accord. Compris. Merci.

— Merci, *Monsieur*.

Elle resta un instant bouche ouverte, avant de la refermer et de rougir à nouveau.

— Merci, Monsieur. Je suis désolée, je ne connais pas bien l'étiquette, le protocole et tout ça, mais je vais y remédier. J'apprends vite.

— Je n'en doute pas.

Il quitta son perchoir et sortit de la salle.

Il la laissa seule une heure, puis deux. À dix-sept heures, il ouvrit la porte de la salle de réunion et trouva Ashley en sueur, les rapports et les documents éparpillés face à elle.

Elle bondit sur ses pieds.

— Assise.

— Ouaf.

Cette fois, il sourit pour de bon. Il ne pouvait pas s'en empêcher. Le fait qu'elle tente sa blague une seconde fois malgré un premier échec démontrait une assurance et une résilience qu'il admirait.

Quand elle le vit se dérider, elle lui adressa un grand sourire.

Déchiré entre l'envie d'admirer son expression radieuse et celle de l'envoyer balader avant qu'elle ne prenne trop ses aises, il jeta un regard aux papiers.

— Alors ?

— Je n'ai trouvé que huit stratégies, admit-elle aussitôt en rebouchant son stylo. Mais je suis certaine d'en trouver deux autres si vous m'accordez un peu plus de temps.

Il ne s'était pas vraiment attendu à ce qu'elle en trouve dix. En fait, il ne s'était même pas attendu à ce qu'elle en dégote trois.

— Racontez-moi.

Ashley ramassa une feuille sur laquelle elle avait dressé une liste.

— La première, c'est d'abandonner progressivement la

console NE3. Beaucoup d'argent est consacré à leur entretien, et si vous cessiez de les vendre et de les réparer, tout le monde achèterait l'E6.

Il hocha la tête. Cette idée lui avait également traversé l'esprit, mais il s'était abstenu, principalement parce que la NE3 était la première console conçue par son frère, celle qui avait lancé le jeu Robo Shooters, et l'entreprise, lui compris, s'y accrochait avec sentimentalité. Entendre ses instincts confirmés par Ashley le décida une bonne fois pour toutes.

— Quoi d'autre ?

— Euh...

Elle jeta un coup d'œil à sa liste.

— Le coût de production de nombreux produits me semble élevé, vu le prix de vente. Les marges sont insuffisantes. Je suggère de former des équipes pour réduire les coûts de production. Nous pourrions accorder un prix à celle qui réalisera les plus grosses économies.

Il aimait l'entendre dire « nous », comme s'ils collaboraient déjà. C'était présomptueux, mais dans sa bouche, ça sonnait juste.

— Bien, dit-il pour l'encourager.

Elle leva les yeux face à ce compliment, puis elle regarda de nouveau sa feuille.

— Ma troisième suggestion est de regagner les parts de marché perdues au profit de Suma Games l'an dernier. C'est plutôt une suggestion en deux parties, alors je l'ai comptée en numéro trois et quatre.

Il hocha la tête.

— La première, ce serait une campagne de pub. La deuxième, de lancer un produit capable de concurrencer leur console D-boy. Je suis consciente que ces deux idées nécessiteront un investissement, mais je pense qu'il sera payant.

Il ne fit pas de commentaire.

— Bon, reprit-elle avant de prendre une inspiration. Ma cinquième suggestion, c'est de réduire les effectifs du côté des cadres intermédiaires.

Elle marqua une pause et attendit sa réaction.

— Votre raisonnement ?

— Ah, oui. Euh, mon raisonnement, c'est que vous avez un tas d'employés qui se tournent les pouces, donnent des ordres à leurs subordonnés et font des rapports à leurs supérieurs.

— Ça sent le vécu.

Elle hésita.

— Oui, Monsieur.

Il était content qu'elle n'oublie pas de l'appeler *Monsieur*.

— Sixième proposition ?

Elle poursuivit et lui décrivit ses trois idées suivantes, qui toutes sauf une semblaient judicieuses.

Quand elle eut terminé, il la laissa mariner un instant pendant qu'il la dévisageait en silence.

— Comme je l'ai dit, je suis sûre de pouvoir trouver deux autres...

— Oui. C'est ce que j'attends de vous. Vous pourrez y réfléchir ce soir. Vous commencez demain. Karen vous montrera votre nouveau bureau.

Son visage se fendit d'un sourire.

— M. Stone ! Merci. Je ne vous décevrai pas, c'est promis.

Il pianota sur la table et dit :

— Je l'espère.

Il se mit en chemin vers la porte et s'arrêta sur le seuil.

— Tapez ces suggestions et envoyez-les-moi par mail, ainsi que les données qui les justifient.

— Bien, Monsieur, répondit-elle, toujours rayonnante.

Il sortit en secouant la tête, pas à cause d'elle, mais de lui-même. L'inviter dans son espace personnel, c'était courir à la catastrophe.

Chapitre Deux

Le lendemain, Ashley se rendit au travail à sept heures et quart, puisqu'elle savait que Ben arrivait à sept heures et demie. Karen, sa secrétaire, était déjà là, son chignon banane parfaitement soigné, ses ongles manucurés cliquetant sur son clavier.

— Bonjour, dit Ashley d'une voix essoufflée. J'ai préparé un cake.

Elle posa son gâteau sur le bar avec évier.

— Je ne mange pas de blé, dit Karen sans lever les yeux.

— Oh, fit Ashley, quelque peu abattue. J'en préparerai un avec de la farine de riz, la prochaine fois. C'est tout aussi bon. Meilleur, même.

— Pas la peine. Je ne mange pas le matin.

Alors mange-le le midi.

Le dos bien droit, elle se dirigea vers son bureau. Le dernier étage comprenait le grand bureau avec baies vitrées de Ben, ainsi que d'autres petites pièces, toutes vides, sauf le nouveau bureau d'Ashley. Karen était postée à la réception, à l'extérieur. Apparemment, du temps de Léon Stone, tous ces bureaux accueillaient les cadres supérieurs — le directeur financier ainsi que les vice-présidents –, mais Ben les avait tous envoyés à l'étage inférieur, car il aimait avoir la paix. Bien sûr, cette initiative n'avait pas fait l'unanimité, et cela avait donné le ton de son règne.

Elle avait rangé les affaires de son bureau du quatrième étage dans un carton la veille, et elle se mit à les déballer, épinglant des photos et des cartes à son tableau d'affichage et disposant ses cadres.

L'ascenseur tinta et M. Stone en émergea. Elle leva la tête et sortit aussitôt de son bureau.

— Bonjour, M. Stone. J'ai préparé un cake à la banane, si vous en voulez. Avec des pépites de chocolat.

Ses yeux verts la détaillèrent avec une lueur curieuse, mais son « Non » fut on ne peut plus bref.

— Non, merci ? le corrigea-t-elle.

Elle ignorait d'où lui venait une telle audace. Sûrement de sa déception face à sa rebuffade.

Il s'arrêta net, mâchoires serrées.

— Votre rôle est-il de m'apprendre les bonnes manières, Mlle Bell ?

Elle se sentit pâlir tandis que son corps se glaçait.

— Non, Monsieur.

Puis elle le vit : un frémissement au coin de ses lèvres.

— Non, merci, se corrigea-t-il avant de se rendre dans son bureau.

Un frisson enthousiaste la parcourut. Que venait-il de se passer ? Flirtaient-ils ensemble ? Pourquoi trouvait-elle son attitude bourrue si séduisante ?

Elle soupira.

Karen la regardait d'un air amusé.

Comme Ashley ne savait pas si la secrétaire riait d'elle ou avec elle, elle osa un sourire penaud.

— À ce stade, j'aurai bien de la chance si je garde mon poste jusqu'à ce soir, dit-elle.

Karen, aussi muette que son patron, se contenta d'un sourire en coin.

— Je n'en reviens pas d'avoir décroché le poste, ajouta Ashley. Il y avait combien de candidats ?

— Je crois qu'il a créé ce poste pour toi, répondit la femme plus âgée en la regardant d'un air songeur. Si tu veux le garder, ne reste pas là à papoter. Il déteste le bruit. C'est pour ça qu'il a déplacé tous les bureaux aux étages inférieurs.

— D'aaaaccord. Compris. Merci.

Elle regagna son bureau. Comment allait-elle tenir le coup, sans personne à qui parler ? Elle était très sociable, de manière générale.

Elle finit de ranger son bureau, ce qui ne lui prit pas beaucoup de temps, puisque son ancien espace était exigu. Cette grande pièce, avec ses fenêtres qui surplombaient le centre de Denver, semblait nue et vide. Il fallait qu'elle achète quelques tableaux pour les murs, ou un truc dans le genre.

Son téléphone sonna et elle sursauta, faisant tomber le combiné avant même d'avoir décroché.

— Ashley à l'appareil.

— Venez dans mon bureau.

— Oh, ah, bien, Monsieur.

Elle allait raccrocher, mais se ravisa. Disait-on au revoir dans ce genre de situation ? La communication se coupa. Bon, pas besoin, apparemment. Elle saisit un calepin et un stylo et se rendit dans le bureau de Stone.

— Assise, dit-il.

Elle ne retenta pas sa blague sur les chiens et s'installa sur une chaise face à lui.

— Merci pour votre rapport ainsi que les idées supplémentaires que vous m'avez envoyées à... cinq heures du matin, déclara-t-il après avoir consulté son écran.

Percevait-elle une trace d'amusement dans son ton ? Elle rougit.

— J'avais hâte de me mettre au travail.

Il forma un triangle avec ses mains.

— J'en suis heureux, dit-il.

Son expression semblait tout sauf heureuse, et les lignes de ses mâchoires étaient aussi tendues que d'habitude.

— J'aimerais commencer à mettre en place certaines de vos propositions. Organisez une réunion avec l'agence de pub pour parler d'une nouvelle campagne, et faites-moi la liste des cadres que vous me suggérez de licencier.

Elle resta bouche bée.

— Euh... d'accord. Est-ce que j'invite les responsables des ventes et du marketing à la réunion avec l'agence de pub ?

Il pencha la tête sur le côté.

— À votre avis ?

Elle se lécha les lèvres et le vit regarder sa bouche. Son cœur s'emballa. La trouvait-il séduisante ? Cette idée l'enchantait et la décevait à la fois. Si elle avait obtenu ce poste simplement parce qu'il voulait la mettre dans son lit... Elle se tortilla sur son siège. Elle n'était pas complètement opposée à l'idée qu'il la mette dans son lit. Ou ailleurs.

Elle fit un gros effort pour se concentrer de nouveau sur le problème qui les occupait.

— Eh bien...

— Réfléchissez-y à voix haute, suggéra-t-il en faisant tourner son doigt en l'air. Je veux entendre votre raisonnement.

Bon, elle avait peut-être obtenu ce poste à la loyale, finalement.

— Eh bien, j'ai peur qu'ils soient trop fermés aux nouvelles idées. Qu'ils restent campés sur leurs positions, alors que nous tentons d'insuffler de la nouveauté. D'un autre côté, les exclure risquerait de les braquer, et ils deviendraient plus difficiles à convaincre ensuite.

M. Stone la regarda d'un air calculateur. Sans surprise, il ne dit rien.

— Je crois qu'égoïstement, je préférerais les tenir à l'écart, du moins au début, parce que j'ai peur qu'ils descendent mes idées.

— Merci de votre honnêteté, Mlle Bell.

Elle frotta ses lèvres l'une contre l'autre.

— Qu'est-ce que vous en pensez, vous ?

— La décision vous revient.

— La décision me revient ? répéta-t-elle, stupéfaite.

Il acquiesça.

— Choisissez bien.

Seigneur.

Elle jeta un œil à son bloc-notes, où elle avait écrit les ordres qu'il venait de lui donner.

— Quant à votre deuxième demande... je ne suis pas sûre d'être qualifiée pour juger le personnel.

— Dans ce cas, devenez qualifiée. Je vous demande de vous en occuper.

— C'est une énorme responsabilité ; vous me demandez de faire des choix qui affecteront la vie des gens.

— Ainsi que l'avenir de cette entreprise. Bienvenue dans mon univers, Mlle Bell. Vous souhaitez être mon assistante, oui ou non ?

Elle rougit et regarda son bloc-notes pour se reprendre.

— Oui, répondit-elle d'une petite voix. Je vous remercie de la confiance que vous m'accordez.

Comme il ne disait rien, elle ajouta en levant le menton :

— À moins qu'il s'agisse d'un test, et dans ce cas, j'ai l'intention de le réussir.

Un sourire fugace apparut sur les lèvres de Ben, avant de disparaître aussi vite qu'il était venu.

— Allez-y, dit-il de son ton bref habituel.

Elle se leva et se dirigea vers la porte. La main sur la poignée, elle rassembla son courage et se retourna.

— M. Stone ?

Il quitta son écran d'ordinateur des yeux et haussa un sourcil.

— Est-ce que vous m'avez engagée parce que vous me trouviez prometteuse, ou parce que...

Elle s'interrompit.

Il ne lui vint pas en aide, continuant de la fixer en haussant les deux sourcils, à présent.

Elle déglutit et compléta :

— Parce que vous aimez bien me voir en jupe ?

Un sourire réapparut sur son visage et il posa les yeux sur sa jupe, puis sur ses jambes.

Elle s'empourpra, regrettant d'avoir posé cette question.

— Dehors, Ashley.

Elle lâcha un rire. Enfin, c'était plutôt une bouffée d'air, ou un sanglot. Mais cela sortit comme un éclat de rire. Il l'avait appelée par son prénom, ce qui ressemblait à un succès. Et elle aimait la façon dont il le prononçait, de sa voix grave et chaude qui évoquait une certaine intimité et quelque chose de... torride. Elle ouvrit la porte et sortit d'un pas vacillant, soulagée d'échapper à sa présence intense. Mais dès qu'elle referma derrière elle, il lui manqua.

Comment allait-elle survivre à ce poste ? Cet homme lui coupait le souffle à chaque regard qu'il lui lançait.

* * *

Jack entra dans son bureau sans y être invité et se laissa tomber sur la chaise devant lui.

— C'est qui, cette fille ?

Sans savoir pourquoi, il s'agaça d'entendre Jack l'appeler ainsi.

— Ashley Bell. C'est ma nouvelle assistante. Avant, elle travaillait au marketing.

— Mmm, fit Jack en l'observant.

Il savait ce qu'il s'imaginait. La même chose que Karen. La même chose qu'Ashley. Qu'il avait flashé sur un joli petit lot et qu'il voulait qu'elle parade dans son bureau en jupe courte pour illuminer ses journées.

Il y avait peut-être un fond de vérité, après tout. Chaque fois qu'il sentait l'odeur d'Ashley, son corps s'enflammait et voulait la marquer. Mais elle n'avait pas qu'un joli minois. Cette fille avait un tas d'idées brillantes, et son intrépidité l'intriguait. Il ne comprenait pas pourquoi malgré son statut naturel d'alpha, il dirigeait son entreprise comme un faible. Il n'avait aucun mal à gérer son personnel, mais il n'arrivait pas à changer les choses, à innover. Les idées d'Ashley confirmaient ses instincts, qu'il avait jusqu'à présent ignorés.

Il haussa les épaules.

— Elle est brillante. Je ne sais pas pourquoi personne ne tirait profit de ses talents, mais désormais, c'est le cas.

— Je vois, répliqua Jack d'un ton ironique.

Ses cheveux se dressèrent sur sa nuque, mais il prit une grande inspiration pour retrouver son sang-froid.

— Qu'est-ce que tu voulais, Jack ?

— Écoute, j'ai bien réfléchi. Tout le monde sait que tu n'aimes pas beaucoup faire tourner l'entreprise. Je suis prêt à racheter tes parts. Bon, je n'ai pas encore les fonds nécessaires, mais je pense qu'on pourrait trouver un accord. Je pourrais te payer petit à petit. La famille de Léon et toi seriez à l'abri du besoin, et je me chargerais des contrariétés qui vont avec la gestion de la boîte.

Jack avait déjà suggéré une telle chose. Ben ne comprenait pas pourquoi il remettait le sujet sur le tapis.

— Non, répondit-il.

Jack rougit et plissa les yeux.

— Tu ne sais pas gérer une entreprise de jeux vidéo. Tu vas nous faire couler. Suma Games va nous écraser, et tout le conseil d'administration le sait.

Ben ravala un grognement et se leva. L'alpha en lui avait envie de menacer Jack de licenciement, mais en vérité, le perdre porterait un coup terrible à l'entreprise. Il calma sa respiration.

— Je suis sur le point de changer certaines choses, annonça-t-il avec une note d'avertissement dans la voix. Je n'ai pas l'intention de quitter cette boîte ni de la faire couler, alors habitue-toi à me voir à sa tête.

Jack se leva. Le muscle sous son œil droit tressautait.

— Tu ne sais pas ce que tu fais, dit-il en se dirigeant vers la porte à grands pas.

Ben ne répondit pas, se contentant de le fusiller de son regard d'alpha.

Quand Jack eut disparu dans l'ascenseur, Ben quitta son bureau et se rendit à celui d'Ashley.

— Rebonjour, dit-elle en lui adressant son éternel sourire éblouissant.

Elle avait des dents parfaites, blanches entre ses lèvres couvertes de gloss.

Il fut content qu'elle ne bondisse pas sur ses pieds et ne se mette pas dans tous ses états, cette fois. Comme s'ils avaient déjà une relation plus complice, où il pouvait simplement s'adosser nonchalamment à la porte de son bureau, et vice versa. C'est ce qu'il fit, les bras croisés sur sa poitrine.

— Qu'avez-vous décidé pour la réunion avec l'agence de pub ?

— Je les ai conviés, répondit-elle d'un air légèrement déconfit. Mon ego est moins important que de retrouver de la cohésion au sein de l'entreprise, surtout pour vous.

Il haussa les sourcils.

— Comment ça, *retrouver* de la cohésion ?

Elle s'empourpra.

— Je voulais juste dire que d'après ce que j'ai entendu, les employés ont perdu en motivation et se sont divisés en plusieurs factions, ces dernières années.

— Depuis que j'ai repris les rênes, quoi.

— Oui, admit-elle en affrontant son regard.

Il admirait son courage.

— Vous pensez donc que je dois flatter leur ego ?

— Eh bien... dit-elle d'un ton songeur.

Elle se leva de son fauteuil et s'assit de l'autre côté de son bureau, face à lui.

Son odeur le troublait, et voir ses longues jambes croisées aux chevilles lui envoya un courant de désir à travers tout le corps.

— Je pense qu'il y a un équilibre délicat à trouver, expliqua-t-elle. Votre rôle n'est pas exactement de leur passer la brosse à reluire, mais si les gens sentent que leur contribution précieuse vous est égale, ils risquent de vous mettre des bâtons dans les roues. Vous voulez qu'ils travaillent dur pour vous satisfaire.

Oh, je veux que tu travailles dur pour me satisfaire, oui.

— En effet, dit-il simplement.

Elle devait avoir lu dans ses pensées, car elle planta brusquement son regard dans le sien, les yeux légèrement écarquillés. Ses pupilles se dilatèrent lorsqu'il la contempla en retour, et il perçut l'odeur enivrante de son excitation.

Elle détacha son regard du sien et se toucha les lèvres du bout des doigts, puis tourna la tête vers son bureau comme si quelque chose d'important s'y trouvait.

— En tout cas, poursuivit-elle, je me suis dit que s'ils piétinaient mes idées, je pourrais toujours les faire valoir devant vous en privé.

Il se demanda à quoi cela ressemblerait. Un strip-tease dans son bureau, porte fermée ? Sans le vouloir, il l'imagina à quatre pattes. Bon sang. Il fallait qu'il se reprenne.

Ce n'est pas une métamorphe.

— Je vous trouve bien présomptueuse, murmura-t-il.

Elle rougit, mais dut remarquer son humeur, car elle sourit.

— Je compte sur vous pour me remettre régulièrement à ma place.

Pour la première fois depuis une éternité, il rit. Oui, il rit, la tête renversée en arrière.

— Oui, vous pouvez compter sur moi, dit-il en sortant sans se départir de son sourire.

Karen le regarda émerger avec curiosité. Le son de son rire devait lui être complètement étranger.

***

Ashley ôta son maillot de bain trempé et se sécha dans les vestiaires du complexe sportif. Avant de devenir l'assistante de Ben, elle nageait le matin avant de se rendre au bureau. Désormais, elle commençait tellement tôt qu'elle ne pouvait aller à la piscine que le soir, parfois très tard.

Cela ne la dérangeait pas, cependant. Sa première semaine à son nouveau poste avait été l'une des plus stimulantes de toute sa vie. Seul travailler pour le président des États-Unis serait plus intéressant et passionnant que travailler pour Ben Stone. Il dégageait d'ailleurs autant de pouvoir qu'un chef d'État, voire plus.

Son portable se mit à vibrer, et elle se rua dessus. Elle avait tenté de joindre Mélissa toute la journée, et ne pas lui envoyer le moindre message en retour ne ressemblait pas à sa jumelle.

— Hé, t'étais où ?

Une voix numériquement déguisée lui répondit :

— On tient ta sœur.

Elle rattrapa le téléphone, qui lui avait glissé des doigts.

— Q... quoi ?

— Tu trouveras un ordinateur portable sur ta table de cuisine. Remplace celui de Ben Stone par celui-là. Retrouve-nous au coin nord-ouest du troisième étage du parking à dix-neuf heures demain avec l'ordinateur de Stone. Si tu en parles à qui que ce soit, ta sœur est morte.

— Ashley, je vais... !

La voix de sa jumelle fut interrompue.

— Qu'est-ce que vous avez fait à ma sœur ? gronda-t-elle, sa surprise remplacée par la colère.

— Ferme-la. Si tu veux revoir ta sœur vivante, fais ce qu'on te dit.

Son interlocuteur raccrocha. Elle pianota sur son téléphone et rappela le numéro de sa sœur, mais bien sûr, elle tomba de nouveau sur son répondeur. Merde.

Elle s'habilla à la hâte en tremblant comme une feuille. Que se passait-il, bon sang ? Pourquoi voulaient-ils l'ordinateur de Ben ? Et où retenaient-ils sa sœur ? L'échangeraient-ils contre l'ordinateur ?

Elle sortit de nouveau son portable de son sac et envoya un texto :

Je ne vous donnerai pas l'ordinateur si vous ne libérez pas ma sœur.

Elle garda les yeux fixés sur son écran, mais sans surprise, aucune réponse n'apparut. Sans prendre la peine de se sécher les cheveux, elle ramassa son sac de sport et trottina jusqu'à sa voiture. Son interlocuteur avait dit que l'ordinateur se trouvait dans sa cuisine. Ce qui signifiait qu'ils avaient pénétré chez elle.

Fallait-il qu'elle appelle la police ?

Si tu en parles à qui que ce soit, ta sœur est morte.

Elle avait envie d'appeler Ben Stone. Elle sentait qu'il saurait quoi faire, et en plus, il semblait être impliqué. Mais les ravisseurs surveillaient sans doute ses appels.

Mélissa. Imaginer sa sœur blessée ou apeurée lui serra douloureusement la poitrine. Elle comprenait mieux pourquoi elle s'était inquiétée toute la journée. Son intuition de jumelle s'était enclenchée.

Elle rentra chez elle, en excès de vitesse tout au long du trajet. À son arrivée, elle bondit hors de sa voiture. Aucun signe d'effraction sur sa porte d'entrée. Elle inséra la clé dans la serrure et la fit tourner.

Tout semblait normal. Elle pénétra dans la cuisine et

alluma la lumière. Là, sur la table, se trouvait un ordinateur portable. Elle retint son souffle, les poils des bras hérissés. Quelqu'un se cachait-il chez elle en ce moment même ? L'observait-on ? Elle regarda autour d'elle, l'oreille tendue. Avec lenteur, elle fit le tour de la table et ouvrit l'ordinateur. Il était identique à celui de son patron. Mais comment pourrait-elle procéder à l'échange ? Il ne s'en départait jamais. Il l'emportait avec lui le soir quand il rentrait chez lui, aux réunions, même au déjeuner. Il s'en séparait sans doute seulement quand il allait aux toilettes. Et elle ne pouvait pas vraiment se ruer dans son bureau en son absence, sous les yeux de Karen.

Mince.

Son estomac se nouait rien qu'à cette idée.

Pourquoi tenaient-ils à ce qu'elle remplace son ordinateur ? Comptaient-ils voler les secrets de l'entreprise ? Saboter quelque chose ? Infiltrer le système de sécurité ou quelque chose dans le genre ? Obtenir ses empreintes et s'en servir pour déverrouiller quelque chose ?

Elle plaça l'ordinateur dans sa sacoche et s'assit à table, trop préoccupée pour manger. Elle mâchonna l'ongle de son pouce. Bon, elle aurait toute la journée pour procéder à l'échange. Elle trouverait bien quelque chose. Et s'il ne venait pas au bureau, pour une raison ou pour une autre ? Ou s'il passait la journée en salle de réunion avec son ordinateur ? Elle se leva et fit les cent pas tout en imaginant les scénarios possibles. Aucun n'était très concluant. Minuit arriva et passa. Elle ne pensait même pas à dormir.

* * *

Il sut que quelque chose clochait dès son réveil ce matin-là. Ses instincts de métamorphe faisaient toujours mouche ; le problème, c'était qu'il ne savait pas toujours les décrypter. Comme le soir où il avait rencontré Ashley.

Son pressentiment devint encore plus fort lorsqu'il sortit de l'ascenseur.

— Bonjour, Monsieur Stone.

— Bonjour, Karen.

Il se dirigea vers le bureau d'Ashley. Son instinct la concernait, la dernière fois. Elle ne leva pas tout de suite les yeux, ce qui ne lui ressemblait pas.

— Bonjour, Monsieur Stone, dit-elle lorsqu'elle le fit enfin.

Elle était pâle avec des cernes sous les yeux, comme si elle n'avait pas fermé l'œil de la nuit.

— Qu'est-ce qui ne va pas ?

— Rien, répondit-elle, trop vite. J'ai un peu mal à la tête, c'est tout. Mais ce n'est pas une migraine. Tout va bien.

Il sentait l'odeur âcre de la peur. Que craignait-elle ?

Incapable de trouver les mots pour qu'elle se confie, il tourna les talons et sortit. Dans les moments comme ça, il regrettait de ne pas avoir le charisme de son frère.

Leur père était impoli et bourru, comme lui, mais Léon avait un don. Il pouvait convaincre n'importe qui de n'importe quoi. Tout le monde l'aimait, et il avait fait un excellent meneur. Ben, au contraire, était un vrai connard. Et il menait comme son père. C'était pour cela qu'il n'avait pas voulu prendre la responsabilité de la meute de son frère.

Il laissa Ashley tranquille la plus grande partie de la journée. L'après-midi, cependant, il sentit son agitation même à travers les murs. Toutefois, ça ne le regardait pas. Si elle avait des soucis personnels, il n'avait pas le droit de l'obliger à en parler. Cela ne l'empêchait pas d'avoir instinctivement envie de la protéger. De régler ses problèmes, quels qu'ils soient.

Il n'arrivait à rien, avec Ashley qui s'agitait dans le bureau voisin. C'était en partie pour cette raison qu'il détestait que d'autres gens travaillent à son étage. Il espérait que cela ne se reproduirait pas trop souvent. À seize heures, il prit son ordinateur, prêt à rentrer chez lui en avance.

Ashley pénétra dans son bureau comme un ouragan.

— Vous partez ?

Sa voix était beaucoup plus aiguë qu'à l'accoutumée.

Il s'arrêta et se retourna lentement.

— Oui, pourquoi ?

— Euh, je voulais, euh, passer certaines choses en revue avec vous. Vous pouvez rester quelques minutes de plus ?

L'odeur de sa peur lui chatouillait les narines. Il sentait son désespoir. Que lui arrivait-il donc ?

Il regagna son bureau et agita le bras en s'inclinant pour lui faire signe d'entrer.

Elle lui adressa un faible sourire.

— Merci, euh, j'arrive tout de suite. Il faut juste que je prenne mes notes.

Elle revint avec une pile d'affaires, qu'elle plaça sur ses genoux au lieu de sur le bureau.

— Bon, vous avez été bizarre toute la journée. Que se passe-t-il ?

— Rien, répondit-elle en se frottant la nuque. Un simple mal de tête, promis.

Elle évitait son regard, mais semblait jeter des coups d'œil à son attaché-case.

— Bon, dit-elle avant de prendre une inspiration. Je voulais juste vous demander votre avis sur certaines de mes idées pour la campagne de pub.

Il plissa les yeux.

— Ça ne pouvait pas attendre demain ?

— Je suis désolée, s'exclama-t-elle en se levant de sa chaise avant de poser sa pile sur son bureau. Vous êtes pressé ? Je vous montre juste une petite chose...

Elle lui mit un carnet sous le nez tout en se penchant sur le bureau, renversant au passage une tasse de café froid sur Ben.

La colère l'envahit. Elle l'avait fait exprès, il en était convaincu. Pourquoi cherchait-elle à le piéger ? Son sang ne fit qu'un tour. Il bondit en arrière, ruisselant, pendant qu'elle se précipitait auprès de lui.

— Oh, mon Dieu, je suis désolée. Je vais nettoyer ça pendant que vous allez vous sécher aux toilettes.

Il sentait l'odeur de sa sueur et de sa peur malgré la puanteur du café dont il était couvert. Il se raisonna avant de la saisir par la gorge pour exiger qu'elle lui raconte ce qui se passait. Il en apprendrait davantage en la regardant poursuivre son stratagème, quel qu'il soit. Il sortit sans un mot.

Il n'alla pas aux toilettes, cependant. Karen s'était déjà levée et lui tendait l'un des torchons du bar, où elle servait du café ou de l'eau aux visiteurs.

Il tournait le dos à son bureau, mais du coin de l'œil, il regardait Ashley ouvrir son attaché-case. Il ne voyait pas ce qu'elle faisait exactement, mais il lui laissa le temps de terminer avant de se retourner. Quand il regagna son bureau, elle essuyait frénétiquement les surfaces arrosées.

— Je suis vraiment navrée. Je sais que vous deviez partir. Je n'aurais pas dû vous retarder.

— Non, en effet.

Elle ne remarqua même pas son reproche, signe qu'elle avait la tête ailleurs. Elle ramassa ses affaires et retourna dans son bureau d'un pas pressé. Il aperçut un bout de son ordinateur portable entre les liasses de documents qu'elle portait.

Il serra les dents. Que venait donc de faire cette petite intrigante ? Et pourquoi ? Il ferma la porte ainsi que les persiennes. Il posa son attaché-case sur le bureau, approcha le nez et renifla. Il sentit seulement ce foutu café. Il ouvrit précautionneusement le haut de son attaché-case et regarda à l'intérieur. Son ordinateur était à sa place. Du moins, ça ressemblait à son ordinateur. En un peu plus rutilant, peut-être ?

Il le huma. Il détectait une vague odeur de goudron. Était-ce une bombe ? Plusieurs secondes s'écoulèrent tandis qu'il l'observait et digérait cette idée.

Pourquoi Ashley voulait-elle sa mort ? Ou mieux encore, qui l'avait convaincue de le tuer ? Était-elle tueuse à gages ? Non, elle avait enchaîné les gaffes. Ce n'était claire-ment pas une pro. Il se demanda quelle somme on lui avait proposée en échange de ce meurtre.

L'amertume lui gonfla la poitrine. L'odeur de la trahison lui couvrait la langue, imprégnait ses vêtements et sa peau. Il lui avait fait confiance, l'avait accueillie dans son cercle le plus proche, une grande première. Il aurait dû s'en douter. Personne n'était fiable.

Il s'assit et regarda l'ordinateur un long moment, se demandant quoi en faire. Appeler la police ne lui traversa même pas l'esprit. Les métamorphes n'impliquaient jamais les forces de l'ordre. Ils étaient marginaux, flouaient les limites de la loi. Il se demanda si des membres de la meute de son frère pourraient l'aider. Stanley, le nouvel alpha, saurait peut-être ce qu'il convenait de faire quand on avait une bombe sur son bureau. Mais Ben avait intentionnelle-ment pris ses distances avec la meute depuis le décès de Léon. Il fallait qu'il mette la bombe ailleurs, dehors, là où elle ne tuerait personne. Mais, et si elle explosait avant qu'il l'ait éloignée ? Ses doigts se crispèrent sur son bureau.

Était-ce le plan d'Ashley ? Il aurait dû la suivre. Bon sang, il avait besoin d'aide. Avec un soupir, il décrocha son téléphone et appela Stanley.

— Ben, répondit ce dernier d'un ton surpris.

Il s'était toujours montré plutôt amical, tentant d'intégrer Ben à leur groupe, bien qu'il ait aussi sous-entendu que la meute n'aimait pas les loups solitaires. Comme Ben était le loup le plus gros et le plus féroce d'entre eux, Stanley avait annoncé que s'il voulait devenir alpha, il ne s'y opposerait pas. Après le refus de Ben, Stanley lui avait dit qu'il comptait sur sa présence aux rassemblements de la meute, mais Ben avait ignoré ces directives.

— Tu connais quelqu'un capable de neutraliser une bombe ?

Stanley garda le silence un moment.

— Mark Ruhl. C'est notre taupe au sein des forces de l'ordre. Il bosse pour les stups. Tu as besoin d'aide tout de suite ?

— Ouais.

— Donne-moi une minute.

— Merci.

Il raccrocha. Quand le téléphone sonna, il répondit, bien qu'il ne reconnaisse pas le numéro.

— Mark Ruhl à l'appareil. Il paraît que tu as besoin d'un coup de main ?

Il soupira.

— Ouais. Je crois qu'il y a des explosifs dans mon ordinateur.

Chapitre Trois

Ashley ramassa sa sacoche avec l'ordinateur de Ben Stone et monta dans l'ascenseur. Ses membres étaient ankylosés, affaiblis après avoir été tendus ces vingt-quatre dernières heures.

C'est bientôt fini. Mélissa sera en sécurité et tu pourras aller voir la police et tout raconter à M. Stone.

Elle prit l'ascenseur jusqu'au troisième étage du parking et sortit. Sa sacoche serrée contre sa poitrine, elle avança en direction du coin nord-ouest. Elle s'était garée là le matin même, pour repérer le point de rendez-vous. Les murs de ciment faisaient réverbérer le son de ses pas, et l'odeur d'essence l'oppressait. Le parking semblait vide : ni voitures, ni gens, rien. Debout, elle attendit. S'était-elle trompée d'heure ou d'endroit ? Non, les mots résonnaient toujours dans sa tête. Troisième étage, coin nord-ouest du parking. Elle ouvrit la portière de sa voiture et s'assit sur son siège sans refermer derrière elle. De la sueur coulait le long de ses côtes. Elle crut entendre une porte se fermer, mais quand elle tourna la tête, elle ne vit que la porte menant à l'escalier, et il n'y avait personne.

Les minutes s'égrainaient. Cinq, puis dix.

Seigneur, elle espérait que Mélissa allait bien.

Soudain, elle entendit une voiture descendre la rampe. Elle se leva et sortit l'ordinateur de sa sacoche d'un geste maladroit. Sa sacoche tomba au sol, et elle l'y laissa, tordant le cou pour observer la voiture.

Une berline bleu foncé approchait. Elle était vieille et déglinguée. Elle ne savait pas à quoi elle s'était attendue, mais certainement à quelque chose de plus impressionnant. Un gros quatre-quatre ou quelque chose dans le genre. Elle fit quelques pas pour se montrer.

La voiture s'arrêta et trois hommes en sortirent. À travers les vitres fumées, elle tenta de voir s'il y avait quelqu'un à l'intérieur. Où était Mélissa ? Les hommes se dirigèrent vers elle. Ils étaient jeunes, dépenaillés, avec des tatouages sur les bras et des piercings. Ils portaient des tee-shirts, des jeans et avaient chacun un pistolet à la main.

— Où est Mélissa ? lança-t-elle.

— T'as l'ordinateur ? demanda l'un d'eux alors qu'ils se rapprochaient.

— Peut-être, répondit-elle en serrant l'ordinateur contre sa poitrine tout en reculant en direction de sa voiture.

Comme si elle pouvait refuser de le leur donner alors qu'ils étaient trois, et armés.

— Où est Mélissa ? répéta-t-elle.

— Dans la voiture. Donne-nous l'ordinateur et tu pourras la voir.

Elle était dos contre sa voiture, à présent, et ils l'encerclaient.

— Je veux la voir d'abord.

L'un des hommes arma son pistolet et le colla à sa tempe.

— Donne-le.

Son ami attrapa l'ordinateur et tenta de l'extirper de ses bras.

— Non, dit-elle en résistant.

Le type au pistolet lui donna un coup de crosse sur la tête, et elle tomba contre la voiture. Elle perdit sa prise sur l'ordinateur, dont s'empara l'autre homme.

Le troisième la saisit et la tira en avant.

— Tu viens avec nous, chérie.

Un grondement terrible retentit, et soudain, un animal énorme bondit par-dessus la voiture en faisant claquer ses dents blanches et luisantes. Elles se refermèrent sur le cou de l'homme qui la détenait et ils s'écroulèrent tous deux sur le sol, roulant au son des grognements de la bête. Des coups de feu fusèrent en tous sens, et l'animal lâcha sa proie avec une plainte, mais il se releva d'un bon et se prépara à attaquer un autre homme. Les deux autres continuèrent de tirer en direction de la bête, le son réverbérant sur les murs en ciment du parking. Des hurlements perçaient les tympans d'Ashley. Sa propre voix, réalisa-t-elle. L'ordinateur était tombé par terre, et elle le saisit avant de s'élancer à toutes jambes vers le véhicule des agresseurs. Si sa sœur se trouvait à l'intérieur, elle devait la libérer.

L'animal se jeta sur elle et la fit tomber. Elle cria, s'attendant à ce qu'il la tue, mais il se détourna et fondit sur l'un des hommes.

— Allez, on se casse, s'écria l'un d'eux en traînant son compère blessé jusqu'à leur voiture.

Elle se remit debout pour les suivre, mais le loup – ou l'animal, quel qu'il soit –, se tourna vers elle et grogna, la gueule dégoulinante de sang. Elle fit un pas en arrière. Il grogna de plus belle, lui barrant la route, avant de prendre en chasse le dernier homme, qu'il plaqua au sol avant qu'une autre balle l'atteigne. Il resta étendu au sol pendant que le troisième homme se ruait derrière le volant et que la voiture démarrait dans un crissement de pneus.

Ashley courut quelques mètres derrière eux, puis s'arrêta en voyant la bête se relever. Elle se figea. Les yeux ambrés se posèrent sur elle et l'animal poussa un grondement sourd et menaçant. Il était couvert de sang, et ses crocs semblaient aussi tranchants que des lames de rasoir.

Elle recula lentement.

— Du calme, mon grand, dit-elle la gorge nouée.

Elle ne le regardait pas dans les yeux et évitait les mouvements brusques. Si elle parvenait à regagner sa voiture, elle s'en sortirait. L'animal continuait de la suivre, cependant, tête baissée, crocs dévoilés. Son grognement était sans commune mesure avec ce qu'elle avait entendu jusqu'à présent. Irréel. Terrifiant.

Ses fesses heurtèrent la carrosserie de sa voiture, et elle tâtonna pour trouver la poignée, ne voulant pas tourner le dos à la bête.

Le loup approcha encore, et elle poussa un cri aigu, escaladant maladroitement le coffre pour lui échapper.

Soudain, la bête se métamorphosa, devenant plus grande, plus mince. Elle cligna des paupières, convaincue d'avoir perdu la tête.

Ben Stone se tenait devant elle, trempé de sang, nu et furieux. Il ouvrit la portière arrière de sa porte et la fit descendre du coffre d'un même geste.

— Allongez-vous par terre, lui ordonna-t-il en lui montrant la banquette arrière. Tête et yeux baissés. *Tout de suite.*

* * *

Ben claqua la portière derrière une Ashley prostrée et se glissa derrière le volant. Les clés étaient sur le siège. Il démarra en trombe et conduisit jusqu'au premier étage du parking, s'arrêtant derrière son propre véhicule.

Il avait un bouton caché pour pouvoir accéder à son coffre sans ses clés, précisément pour ce genre d'occasions. Il y conservait un sac de sport avec des vêtements, des doubles de clés, des cartes de crédit, du liquide, des pièces d'identité et d'autres objets utiles. Il enfila un jean.

Il sortit un rouleau de scotch du sac et fit le tour de la voiture d'Ashley, qui était sortie. Il lui saisit les poignets et les attacha pendant qu'elle le regardait d'un air horrifié, ses yeux roulant dans leurs orbites.

Bon sang. Il était dans la merde jusqu'au cou, à présent. Non seulement il avait laissé ses ennemis s'enfuir, mais il s'était révélé à Ashley, qui avait également sa place sur sa liste d'ennemis.

Il retint son souffle en constatant qu'elle avait le flanc couvert de sang. Il la poussa sur la banquette arrière et déchira son chemisier. Sa peau était maculée de sang, mais il ne voyait ni blessure, ni impact de balle.

— Où êtes-vous blessée ? demanda-t-il d'un ton impérieux.

— Euh... je...

Elle déglutit comme si elle avait la bouche sèche.

— Je crois que c'est votre sang, dit-elle d'une voix éraillée.

Avec un soupir de soulagement, il examina son propre torse pour inspecter les deux blessures par balles qu'il avait subies. Elles guériraient. Il avait dû saigner sur Ashley quand il l'avait plaquée au sol pour l'empêcher de rejoindre la voiture des trois hommes.

Il lui souleva les chevilles et les ligota avec le scotch, avant d'en déchirer un morceau pour sa bouche.

Elle se débattit lorsqu'il l'approcha avec, le blanc des yeux luisant.

— S'il vous plaît, haleta-t-elle, exsudant une odeur métallique de peur. Non, par pitié.

Il hésita.

Ne te laisse pas amadouer. C'est ton ennemie.

Il agita le doigt sous son nez.

— Au moindre bruit, je vous mets dans le coffre. Hochez la tête si vous avez compris.

Elle agita la tête de bas en haut.

Il claqua la portière derrière elle et monta de nouveau dans la voiture d'Ashley, jetant son sac sur le siège passager. Il fallait qu'il s'en aille avant que les vrais ennuis arrivent. Ces types pathétiques n'étaient pas le cerveau de l'opération.

Il savait qu'Ashley non plus, sinon elle n'aurait pas été agressée par les trois hommes. Ceci dit, elle l'avait vendu, et cela le dérangeait plus que tout le reste. Le soir de leur rencontre, son instinct avait peut-être cherché à l'avertir qu'elle représentait un danger pour lui.

Non, ça ne collait pas. Il avait ressenti de l'attirance pour elle, pas de la peur.

Il enfonça une casquette sur sa tête et démarra, sortant du parking. Il prit la voie rapide et parcourut plusieurs kilomètres, zigzaguant entre les voitures sans lâcher le rétroviseur des yeux. Personne ne semblait les suivre. Quand il en fut convaincu, il prit la sortie suivante et se gara devant un motel douteux d'East Colfax. Le genre d'établissement qui louait des chambres à l'heure et que l'on pouvait payer en liquide et sans pièce d'identité.

Il ouvrit la portière de derrière et s'arma de nouveau de

son rouleau de scotch. Il lia les mains et les pieds d'Ashley entre eux, puis passa le scotch autour de la poignée de la portière.

— Si vous faites le moindre bruit, ou que vous tentez de vous enfuir, je vous tuerai. Hochez la tête si vous comprenez.

Elle gémit, haleta, mais acquiesça.

— Je reviens tout de suite. Pas un geste.

Il claqua la portière et alla louer une chambre. Quand il regagna la voiture, il libéra les pieds d'Ashley et jeta un pull sur ses mains liées.

— Allons-y, dit-il en la traînant hors de l'habitacle. Je ne veux pas entendre le moindre bruit.

Elle regarda autour d'elle d'un air paniqué, mais n'émit pas un son, à l'exception de son souffle rauque.

Il la mena dans la chambre et se servit d'une corde pour lui attacher les poignets au sommet de la porte de la salle de bains. Contrainte de se dresser sur la pointe des pieds, elle vacillait. Il lui tourna le dos, se débarbouilla et nettoya ses blessures par balles, qui ne saignaient presque plus. Les balles ressortiraient dans quelques jours. Les métamorphes avaient un pouvoir de guérison hors du commun. Il se rinça la bouche pour se défaire du goût de sang.

Il était impressionné qu'Ashley ne bronche toujours pas. Il s'était attendu à ce qu'elle se mette à faire du bruit, depuis le temps.

— Bon, Ashley. Je vais vous poser quelques questions, et vous allez me répondre.

Il fouilla dans son sac et en sortit une ceinture. Il se plaça derrière elle, ouvrit la fermeture éclair de sa jupe et la laissa tomber au sol.

— Qu... qu'est-ce que vous faites ? lui demanda-t-elle en tirant le plus possible sur les liens de ses poignets.

— Je dénude ma cible.

Elle poussa une plainte et se tortilla dans tous les sens, les yeux rivés sur la corde qui lui attachait les mains.

Sans prêter attention à son cirque, il baissa la culotte d'Ashley juste sous ses fesses. Il recula pour admirer la vue. Il ne fut pas surpris de constater que son derrière était aussi parfait que dans son imagination. Il brandit sa ceinture, la boucle autour de son poing.

Elle avait les yeux exorbités. Il la saisit par les hanches et la tourna dos à lui.

— Je vous suggère de ne pas bouger, dit-il juste avant d'abattre la ceinture sur ses fesses, doucement, pour s'entraîner à bien viser.

Elle poussa un cri et tenta de lui échapper, les pieds battant l'air. Il avait eu l'intention de l'intimider, et cela semblait fonctionner, car il savait qu'il ne lui avait pas vraiment fait mal. Il lui saisit les poignets et les plaqua à la porte pour la maîtriser. Il frappa encore, un peu plus fort.

Elle sursauta, comme touchée par un courant électrique, et ses pieds dansèrent d'un côté.

— Qui vous a engagée pour me tuer ? demanda-t-il d'un ton impérieux.

Des petits sons lui échappèrent, mais ce n'étaient que des balbutiements incohérents.

Il la fouetta à nouveau et gronda :

— Je vous ai posé une question. Qui vous a engagée pour me tuer ?

Une série de syllabes sans queue ni tête jaillirent de sa bouche.

Il réfléchit. Il avait voulu lui faire peur, mais sa panique l'empêchait de s'exprimer. Il la contourna et sortit son couteau. Les yeux d'Ashley roulèrent dans leurs orbites lorsqu'il brandit sa lame. Il coupa ses liens juste avant qu'elle s'évanouisse.

Merde.

Il rattrapa son corps tout mou et la porta jusqu'au lit, où il s'assit, Ashley dans ses bras.

Quelques secondes plus tard, elle ouvrit les yeux et battit des paupières en le regardant.

Il chassa les cheveux qui tombaient sur ses grands yeux bleus, et ils s'observèrent. Il l'installa sur l'un de ses genoux et déclara :

— Bon, réessayons. J'ai besoin de réponses, et vous allez me les donner.

Elle se remit aussitôt à se débattre, pivotant dans ses bras comme si elle comptait plonger de ses genoux. Il en profita pour l'allonger. Elle avait toujours la culotte autour des cuisses. Il abattit sa main sur ses fesses nues dans un claquement satisfaisant. Elle avait le derrière idéal pour les fessées. Rond et pulpeux, deux globes musclés campés sur des cuisses fuselées.

Il frappa un côté, puis l'autre, encore et encore. Au départ, il cherchait uniquement à la faire parler sans lui faire de mal, mais au fur et à mesure de sa fessée, sa colère face à la trahison d'Ashley se calma, transformée en compassion alors qu'elle agitait les pieds et que ses fesses devenaient roses, puis rouges. Il la serrait contre lui et veillait à ne pas frapper trop fort. Les métamorphes avaient une force surhumaine, et l'idée de donner des ecchymoses à la petite assistante ou de lui faire vraiment mal lui déplaisait. Même si elle avait tenté de le tuer.

— Combien avez-vous touché pour m'assassiner ?

— Je n'ai pas...

Il lui frappa l'arrière des cuisses, lui arrachant un cri.

— Combien ?

— Aïe... ah... je ne cherchais pas à vous assassiner. Je devais seulement prendre votre ordinateur, dit-elle à toute vitesse.

— Et en laisser un autre bourré d'explosifs dans mon bureau.

Elle se figea un instant et leva la tête.

Le cœur de Ben manqua un battement. Elle n'était pas au courant pour la bombe. Son sang fut réchauffé par sa satisfaction. Il posa la main sur ses fesses brûlantes.

— Qui vous a donné cet ordinateur ?

— Je ne sais pas.

Il reprit sa fessée.

— Qui vous a engagée ?

— Personne ne m'a engagée.

Il frappa plus fort.

— Attendez ! s'exclama-t-elle. C'est la vérité, personne ne m'a engagée. Ils ont kidnappé ma sœur !

Il se figea de nouveau, la main en l'air.

D'une voix étranglée, elle ajouta :

— Ils avaient promis de l'emmener, ce soir, mais elle n'était pas là.

* * *

Ashley se retrouva brusquement soulevée dans les airs et assise sur les genoux de Ben, qui la dévisagea avec ses yeux verts.

— C'est vrai, murmura-t-elle, constatant qu'il cherchait à jauger son expression.

— Vous auriez dû m'en parler, dit-il d'une voix d'acier.

Ses fesses la lançaient, et le jean de Stone râpait sa peau nue. Elle déglutit.

— Ils avaient menacé de la tuer, expliqua-t-elle d'une voix éraillée.

Il pinça les lèvres. L'intensité de son regard sur elle avait quelque chose d'animal. Comme un prédateur face à sa proie.

Le souvenir du loup géant bondissant par-dessus sa voiture lui passa en mémoire.

— Qu'est-ce que vous êtes ? chuchota-t-elle.

Il se leva brusquement et la mit debout.

— Allez au coin, culotte baissée, ordonna-t-il en lui montrant la jonction entre deux murs avec un visage menaçant.

Elle n'envisagea même pas de désobéir. Il avait tellement l'ascendant sur elle qu'elle se serait mise à genoux pour lécher ses chaussures, s'il le lui avait demandé.

Elle traversa la pièce en traînant les pieds et se plaça face au coin, terriblement consciente que ses fesses nues étaient exposées. Elle se demanda si elle était très rouge. Sa peau la brûlait et la piquait, et pour une raison étrange, son sexe pulsait au rythme de sa douleur.

— Je vais sortir. Ne bougez pas, même d'un centimètre. Sinon, je vous fesserai encore, avec ma ceinture cette fois.

Elle frémit, mais ne put s'empêcher de demander en lui jetant un regard par-dessus son épaule :

— Et si j'ai envie de faire pipi ?

Il plissa les yeux.

— Vous avez envie ?

— Oui.

— Allez-y maintenant, dans ce cas.

Elle se dirigea vers la salle de bains tout en essayant de remonter sa culotte malgré ses mains liées.

— Laissez-la comme ça, aboya-t-il.

Elle vit qu'il la suivait.

— Qu'est-ce que vous faites ?

— Je garde un œil sur vous.

Il s'appuya au chambranle de la porte et croisa les bras.

Elle fit de son mieux pour arrêter de rougir et s'assit sur les toilettes, les yeux braqués sur le sol. Quand elle eut terminé, elle batailla avec le papier toilette, sa tâche compliquée par le scotch.

— Vous avez besoin d'aide ?

Avait-il un rictus suffisant ? Elle le fusilla du regard.

— Non.

Elle commença à remonter sa culotte, puis se ravisa, craignant qu'il se remette à lui aboyer dessus.

— C'est bien, dit-il en lui faisant signe d'avancer. Votre culotte reste baissée tant que je ne l'aurai pas relevée.

Elle poussa un soupir furieux et tenta de marcher sans traîner les pieds jusqu'à son coin.

— Pas bouger.

Ouaf. Elle ne le dit pas à voix haute.

Son patron était un loup-garou. Une bête énorme et terrifiante que quelqu'un avait voulu faire assassiner. Pourquoi ? Et que comptait-il lui faire ?

Elle retint son souffle tandis qu'il s'en allait. Elle avait le derrière en feu, et sa position humiliante la rendait folle de rage, mais elle avait conscience qu'il l'avait épargnée. Enfin, exception faite de ses fesses. Vu qu'elle venait de le voir tenter d'égorger des hommes à coups de crocs, cela en disait long.

Le souvenir d'un Stone torse nu qui déchirait son chemisier pour l'examiner avec inquiétude lui traversa l'esprit. Il avait eu beau croire qu'elle avait tenté de le tuer, il avait vérifié qu'elle n'était pas blessée. Il l'avait sauvée de ces types, qui cherchaient à l'enlever.

La porte de la chambre s'ouvrit et se referma, et elle le sentit derrière elle.

Il glissa les doigts sous l'élastique de sa culotte, envoyant un courant électrique le long de sa peau. Malgré tout ce qui s'était passé, sa terreur à l'idée qu'il la tue, même après la fessée à laquelle il l'avait soumise, elle sentait son corps se languir de lui.

Il remonta lentement sa culotte, un acte qui semblait encore plus intime qu'un rapport sexuel. Son sexe se contracta.

— Gentille fille, susurra-t-il, son souffle chaud contre son oreille.

Elle sentit ses tétons se dresser. Un frisson la traversa tout entière, mais trop vite, il recula.

— Enfilez votre jupe, on s'en va.

— Où ça ? demanda-t-elle, les jambes en coton alors qu'elle tentait de remettre sa jupe sans tomber.

— Vous n'êtes pas en mesure de poser des questions, répliqua-t-il avec une tape sur ses fesses.

— Je suis votre prisonnière ?

Il ôta la taie d'un des oreillers et s'en servit pour couvrir les poignets liés d'Ashley tout en la conduisant vers la porte.

— C'est ça. Vous êtes ma prisonnière.

Sa voix grave et bourrue sembla pénétrer le corps d'Ashley en provoquant des ondes de choc de son centre à ses jambes.

Il la mena sur le parking et ouvrit la portière arrière de sa voiture.

— Montez.

Elle se glissa sur la banquette. Il la poussa aussitôt pour qu'elle s'allonge, et il scotcha ses poignets au bas du siège de devant, l'empêchant de se redresser. Il se pencha sur elle en ouvrant la taie d'oreiller, et elle réalisa ce qu'il comptait faire.

— Attendez, non, s'écria-t-elle lorsqu'il lui couvrit la tête.

La portière claqua.

— M. Stone ! Ben ! S'il vous plaît. S'il vous plaît, enlevez-moi ça.

Elle lutta pour déloger la taie d'oreiller, frottant la tête contre le siège.

Le moteur démarra.

— S'il vous plaît. S'il vous plaît, l'implora-t-elle.

— Calmez-vous, Ashley. Je ne veux pas que vous voyiez où je vous emmène.

La voiture se mit à avancer.

— Enlevez-moi ça. Enlevez cette putain de taie...

Elle se débattit, tirant sur ses poignets pour les libérer.

— Oh, mon Dieu, gémit-elle quand elle comprit qu'elle n'arriverait pas à ôter la taie d'oreiller toute seule. Oh, mon Dieu.

La panique l'envahit. Elle n'arrivait pas à respirer. Elle hurla encore et encore, prenant de brèves bouffées d'air entre chaque cri. Elle donnait des coups de pieds dans la portière, tirant tellement sur ses poignets qu'elle se donna un coup de poing en plein visage.

La voiture tourna et freina brusquement.

Eh merde, elle l'avait mis en colère. Il allait l'enfermer dans le coffre. Elle tenta d'arrêter de crier, mais elle ne parvenait pas à se maîtriser.

La portière s'ouvrit, et la taie disparut d'un coup. Il tendit la main vers elle, et elle eut un mouvement de recul, persuadée qu'il allait la frapper. Au lieu de cela, il saisit doucement sa tête pour l'immobiliser. Il avait les paumes sur ses oreilles, étouffant les bruits alentour. Ce silence imposé lui accordait une étrange impression de sécurité, comme si ces mains étaient un cocon protecteur.

Il était penché sur elle, les sourcils froncés comme lorsqu'il l'avait crue blessée. Une expression affligée, comme si sa crise d'angoisse lui avait fait mal. Lui qui avait à peine bronché sous les balles. D'ailleurs... où étaient passées ses plaies ? Il ne saignait même plus, et elle ne détectait aucun bandage sous son tee-shirt moulant.

— Vous êtes claustrophobe.

C'était une affirmation, pas une question.

Elle hocha rapidement la tête, toujours incapable de reprendre son souffle.

Il plia la taie d'oreiller en deux. Elle s'agita quand il l'approcha de sa tête, mais il persista et la passa autour de ses yeux comme un bandeau. Cependant, elle n'était pas assez longue pour être nouée derrière son crâne.

— Je ne regarderai pas, dit-elle. Je resterai allongée et je ne regarderai pas, promis, lui assura-t-elle, tremblant comme une feuille.

Il l'ignora et ressortit son rouleau de scotch. Il replaça la taie sur ses yeux, puis fit un tour de scotch autour de sa tête pour fixer la taie d'oreiller comme une couronne.

— Voilà, dit-il. Allongez-vous.

Une nouvelle vague de peur envahit Ashley, qui tâtonna vers lui jusqu'à ce que ses doigts trouvent son tee-shirt. Elle le serra dans son poing. Une grande main glissa sur sa nuque. Il grommela un juron, puis la fit sortir de la voiture.

Elle se mit à paniquer et se débattit.

— Pas le coffre. Pitié, pas le coffre. Je serai sage, promis.

À sa grande surprise, il l'enlaça et la serra contre son torse. Il ne dit pas un mot, mais il était évident qu'il souhaitait la réconforter. Elle s'agrippa à lui, frémissante contre sa silhouette musclée. Elle s'abreuvait de sa force, de sa solidité. Centimètre par centimètre, son corps se détendit.

— Je ne vous mettrai pas dans le coffre, dit-il d'un ton bougon. Vous irez devant, avec moi.

— Oh.

Elle s'efforça d'arrêter de trembler et inspira profondément. Il la lâcha et la saisit fermement par la taille, la guidant autour de la voiture. Il plaça une main sur sa tête pour l'asseoir, comme le faisaient les policiers dans les séries. Son poids pesa sur elle, et elle entendit le cliquètement de sa ceinture de sécurité.

Il regagna le côté conducteur et monta. Elle entendit des bruissements, puis il poussa sa tête jusqu'à ce qu'elle soit posée sur ses cuisses à lui. Il avait placé quelque chose de moelleux sur la console centrale. Un pull, peut-être. Elle appréciait cette attention.

— Ne vous relevez pas, dit-il avec une note d'avertissement.

Elle posa ses poignets liés sous ses genoux, comme s'il s'agissait d'une couverture réconfortante qui lui apportait chaleur et apaisement.

Il démarra et recula, une main toujours sur sa nuque. Puis celle-ci se mit à bouger. Ses doigts s'enfoncèrent dans ses cheveux et formèrent un poing, qui tiraient légèrement, mais sans lui faire mal. Ils s'ouvraient et se refermaient.

Elle resta parfaitement immobile, car elle ne voulait pas qu'il arrête. Elle imagina ses mains saisir d'autres parties de son corps, avec brusquerie, fermeté. Comment ce serait, d'être prise par lui ? Les loups-garous couchaient-ils avec des humaines ? Elle le revit rouler au sol avec son adversaire, grognant tous crocs dehors.

Qu'allait-il faire d'elle ? Elle avait peut-être le syndrome de Stockholm, mais elle voulait croire qu'il prendrait soin d'elle. Qu'il ne lui ferait pas de mal.

Et Mélissa ? Elle aussi était prisonnière en ce moment même... si elle était toujours en vie. Était-elle blessée ? Ses ravisseurs la traitaient-ils correctement ?

Ashley devait échapper à Ben Stone pour retrouver sa sœur avant qu'il ne soit trop tard. Elle devait se reprendre et élaborer un plan, et vite.

* * *

Ben n'avait pas eu l'intention de faire l'amour aux cheveux d'Ashley avec sa main, mais une fois ses doigts enfouis dans cette crinière épaisse et soyeuse, il ne put s'en empêcher. Il lui caressait l'arrière du crâne, empoignant ses cheveux et les relâchant. Bon sang, qu'est-ce qu'il avait envie d'elle !

Il avait senti son excitation quand il l'avait mise au coin. Cela l'avait étonné. Elle qui avait eu peur au point de s'évanouir, qui avait reçu une fessée qui lui avait rosi la peau, le désirait toujours ? Il eut un début d'érection à cette idée. Pourquoi cette humaine l'affectait-elle autant ?

Elle changea de position, ôtant les mains de ses jambes et bougeant les pieds. Elle était sans doute mal à l'aise, recroquevillée ainsi. Son pied se coinça dans la sacoche qu'il avait jetée à la hâte devant le siège passager.

Il mit un moment à réaliser qu'elle manœuvrait pour approcher la sacoche. Il l'observa, curieux de découvrir ce qu'elle mijotait. D'un autre mouvement, elle fit glisser la sacoche sous ses mains.

La bile lui monta à la gorge, et il comprit que la blessure

de sa trahison était toujours fraîche. Il s'efforça de maîtriser sa respiration pendant qu'elle roulait vers l'avant, le visage toujours pressé contre sa cuisse. Elle plongea ses mains liées dans sa sacoche d'un geste nonchalant, comme si elles s'étaient retrouvées là par hasard. Quand elles émergèrent, elle tenait son téléphone.

Il se gara au bord de la route. D'un geste vif, il coucha Ashley sur ses genoux et souleva sa jupe.

— Qu'est-ce que vous fabriquez ? demanda-t-il d'un ton sévère.

Il lui arracha son portable des mains. Relevant sa culotte entre ses fesses, il lui asséna plusieurs grandes tapes avec le téléphone. Il avait du mal à viser dans cette position inconfortable, mais il parvint à punir son derrière déjà rouge alors qu'elle se tortillait et se trémoussait sur lui. Son portable était grand, et sa coque en plastique produisait un claquement satisfaisant à chaque impact contre sa chair rosée.

— Bon sang, Ashley ! Cette histoire de claustrophobie, ce n'était que de la comédie ? Vous me manipuliez pour que je compatisse ?

— Non, répondit-elle d'une voix suraiguë. Non, ce n'était pas de la comédie. Arrêtez, s'il vous plaît. Aïe !

— J'arrêterai une fois que j'aurai exprimé l'ampleur de mon mécontentement.

Elle se débattit sous sa fessée.

— Aïe, arrêtez !

Elle planta les dents dans sa cuisse gauche.

Au lieu de le mettre en colère, ce geste lui donna envie de la retourner et de la baiser sauvagement. Les louves mordaient et grondaient pendant l'amour, et un interrupteur semblait s'être enclenché en lui. Son champ de vision se réduisit et ses dents s'acérèrent à cause de son besoin de la marquer. Il renversa la tête en arrière, les yeux fermés, et respira profondément pour tenter de se reprendre.

Elle ne prit pas l'arrêt de sa fessée comme une victoire. Crispée et immobile sur ses genoux, elle dit d'une petite voix :

— Je suis désolée.

Il garda les paupières closes.

— Qui comptiez-vous appeler ? s'enquit-il d'un ton las.

— Personne. Je voulais le garder sous la main… au cas où ils m'appelleraient.

L'irritation chassa l'excitation de Ben et fit ressortir son côté rationnel.

— Vous vous imaginiez que je ne vous laisserais pas répondre ? Organiser une nouvelle rencontre est crucial pour découvrir qui se cache derrière tout ça.

Les petites mains d'Ashley pétrirent ses jambes, ses doigts pinçant le tissu de son jean.

— Pardon. Je ne savais pas.

Après un silence, elle ajouta :

— J'envisageais de leur envoyer un message.

— Les yeux bandés ?

— Ôter ce bandeau, c'était l'étape suivante.

Il gronda.

— Que leur auriez-vous envoyé ?

— Quelque chose comme *j'ai toujours l'ordinateur et je veux ma sœur*.

Il lui rendit son portable et souleva le bandeau de quelques centimètres.

— Allez-y.

Elle tapa son message et le lui montra avant de l'envoyer. Il confisqua ensuite le téléphone, qu'il fourra dans sa poche, puis remit le bandeau en place.

— Pas un geste sans autorisation de ma part, c'est compris ?

— Oui Monsieur.

Avec un soupir, il redémarra.

— Et pour ma sœur ?

— On la trouvera.

Elle se hissa sur un coude qui s'enfonça dans son érection.

— Aïe, dit-il avec un mouvement de recul avant de la remettre en position. Pas bouger.

— Ouaf.

Il sourit presque. Bon sang, elle lui faisait vraiment de l'effet. Il s'autorisa à lui toucher de nouveau les cheveux, en prétendant qu'il le faisait uniquement pour les empêcher de tomber sur son visage. Mais cela n'avait aucun sens, vu qu'elle ne pouvait rien voir. Les mèches soyeuses glissèrent entre ses doigts lorsqu'il reprit la route, et il tenta d'ignorer les fesses d'Ashley, toujours dévoilées par sa culotte relevée très haut. L'odeur de son excitation flottait dans la voiture comme une séance d'aromathérapie destinée à affoler sa libido déjà déchaînée.

Il se gara devant le vieil entrepôt où se rassemblait la meute de son frère. Il n'y avait pas d'autres voitures, mais cela ne voulait rien dire. Mark Ruhl lui avait expliqué par téléphone comment désarmer les explosifs, mais Ben avait promis de le retrouver ici pour lui donner l'ordinateur et lui permettre de l'analyser et de découvrir à quel moment il était censé avoir explosé. Au motel, il avait appelé Stanley et lui avait demandé de se joindre à eux. Il aurait besoin qu'on le conduise à Stone Tech pour récupérer sa voiture et son ordinateur, et il aurait besoin que quelqu'un surveille Ashley pendant ce temps-là. Il serait dangereux de la ramener sur les lieux.

Il pénétra dans l'entrepôt avec précaution, humant l'air. Tout était vide. Il ôta le bandeau des yeux d'Ashley. Il lui montra un vieux canapé collé à un mur et ordonna :

— Assise.

Elle le fusilla du regard, mais obéit.

— Ma petite, il va falloir arrêter de me regarder comme ça, sinon je serai obligé de vous allonger sur mes genoux pour vous rappeler qui commande, ici.

Elle vacilla, et il aurait juré recevoir de sa part un regard de pur désir, mais elle détourna aussitôt la tête.

— Voilà qui est mieux, dit-il d'une voix plus étranglée qu'à l'accoutumée.

Il leva la tête lorsqu'il entendit un bruit derrière la porte du fond. Elle s'ouvrit, et Stanley ainsi que trois autres hommes entrèrent, complètement nus. Les métamorphes n'avaient pas de problème avec ça, mais pour la première fois, il se sentit gêné par la manière dont Ashley les regardait. Ils allèrent chercher des vêtements dans leurs casiers, puis s'approchèrent en observant son assistante. Il réalisa qu'elle détonnait, avec sa jupe et ses talons ainsi que son chemisier taché de sang grand ouvert parce qu'il en avait fait sauter tous les boutons en l'examinant. Pourquoi ne lui avait-il pas donné son tee-shirt ?

— Salut, Stanley, dit-il. Salut, les gars.

— Qui c'est ?

— Tu n'as pas besoin de le savoir, répondit-il.

Il se tourna vers Ashley et ajouta :

— Baissez les yeux.

Elle s'exécuta, même si elle semblait aux aguets.

— Tu as amené une humaine à notre repaire, constata Stanley, les yeux plissés.

— Elle avait un bandeau.

— Elle sait ce que nous sommes, insista Stanley en croisant les bras.

— Je m'occuperai d'elle.

— Comment ?

Leur code leur dictait de tuer les étrangers qui découvraient leur secret.

Ben se hérissa.

— C'est mon problème, et je m'en chargerai.

Stanley haussa les sourcils et jeta un regard dubitatif à Ashley.

— Cette humaine est un nid à emmerdes.

Chapitre Quatre

Ashley releva la tête pour fusiller ce Stanley du regard.

— Mes emmerdes, pas les tiennes, rétorqua Ben.

Que sous-entendait-il, quand il avait dit qu'il s'occuperait d'elle ?

— Ah ouais ? Alors qu'est-ce qu'on fout là ? demanda le loup agressif.

Ben serra les mâchoires.

— Quelqu'un essaye de me tuer. J'ai juste besoin d'un coup de main le temps de découvrir qui se cache derrière tout ça.

Stanley le dévisagea.

— Tu m'en demandes beaucoup, pour quelqu'un qui n'est même pas membre de la meute.

Il haussa les épaules.

— Si tu n'es pas prêt à m'aider, je me débrouillerai tout seul.

Stanley se rembrunit.

— Tu nous as impliqués, il est trop tard pour ça. Tu as

amené une humaine dans notre repaire, et elle a vu nos visages.

Un grondement grave et surnaturel jaillit de la gorge de Ben, envoyant un frisson dans l'échine d'Ashley.

Stanley lui fit signe d'avancer avec ses deux mains.

— Tu veux me défier comme alpha ? Vas-y. On sait tous les deux que tu l'emporterais. Mais si tu continues à demander des services sans rien donner en retour, personne ne te suivra.

Rien ne changea sur le visage de Ben, et pourtant, elle percevait son irritation.

Une voiture se gara dehors. Personne ne fit un geste. Les deux hommes – ou les deux loups – se toisèrent, une vive tension entre eux.

La porte s'ouvrit à la volée.

— Salut, Ben, dit un homme d'âge moyen au crâne rasé vêtu d'un tee-shirt blanc en entrant.

Comme les autres loups, il était tout en muscles. D'ailleurs, ils semblaient tout droit sortis du calendrier des pompiers. En moins sympathiques, peut-être. Ils avaient un côté brut et crasseux qui la rendait nerveuse.

— Salut, Mark.

Ben continua de fixer les autres loups pendant qu'il serrait la main de Mark.

— Merci encore pour ton aide, tout à l'heure.

— Pas de souci, répondit Mark en alternant les regards entre le chef de meute et Ben, conscient de la tension entre eux. Tu as les explosifs ?

Un frisson la parcourut en entendant ce mot. Elle avait failli tuer Ben. Elle ne pouvait pas vraiment lui en vouloir de se méfier d'elle, si ?

Ce dernier secoua la tête.

— Pas encore. J'ai fait face à quelques ennuis en sortant. J'espérais que tu pourrais m'y conduire.

— Pas de souci.

— Et tu veux qu'on surveille la fille, dit Stanley d'un ton monocorde.

— Ouais.

— Qui c'est ?

Ben croisa les bras.

— Mon assistante. C'est elle qui a placé la bombe.

Cinq paires d'yeux se tournèrent froidement vers elle.

Elle se ratatina dans le canapé.

— Elle subissait un chantage, ajouta Ben en tendant le téléphone d'Ashley à Stanley. Voilà son portable. Si les maîtres chanteurs appellent, il faut qu'elle décroche. Sinon, garde-le avec toi.

Puis, à l'intention d'Ashley :

— Dites-leur que vous avez l'ordinateur et que vous voulez procéder à l'échange. Dites que vous ne savez rien à propos du loup. Compris ?

Elle hocha la tête.

— Oui Monsieur.

Ben se tourna vers Stanley.

— Alors, tu es d'accord ?

Le type acquiesça avec réticence.

— Ouais. On la surveillera.

Ben toucha l'épaule d'Ashley, lui envoyant une décharge dans tout le corps.

— Soyez sage. Je reviens dans moins d'une heure.

Il partit avec Mark.

Elle sentit aussitôt l'absence de sa présence puissante. Non seulement l'énergie de la pièce changea, mais elle ressentit une pointe de désarroi face à leur séparation. Oui, elle souffrait bel et bien du syndrome de Stockholm.

Les hommes allèrent chercher des sièges pliants et s'installèrent en cercle autour d'elle.

— Alors comme ça... vous êtes tous des loups ?

Leur meneur lui jeta un regard glacial, avant de se tourner vers les autres en l'ignorant royalement.

— Qu'est-ce que vous en pensez ? leur demanda-t-il.

— De Stone ? demanda son voisin avec un piercing au sourcil. Je trouve que tu as eu raison de remettre sa loyauté en question. Moi, je suis venu parce que tu me l'as demandé, mais si c'était lui qui m'avait appelé... eh bien, je serais seulement venu par respect pour la mémoire de Léon. Mais même ça, ça ne suffira pas longtemps, si son petit frère passe son temps à prendre sans rien donner en retour.

Un jeune homme asiatique intervint :

— Techniquement, c'est le premier service qu'il nous demande depuis son arrivée il y a trois ans.

Sans savoir pourquoi, Ashley se sentit soulagée que quelqu'un défende Ben. Elle ne savait rien de leurs histoires, bien sûr, mais le peu qu'elle avait entendu lui permettait de se faire une petite idée. C'était une sorte de gang, et Léon, le frère décédé de son patron, en avait fait partie, contrairement à Ben.

— Ouais, mais qu'est-ce qu'il fabriquait entre temps ? Les loups solitaires, ça n'apporte que des soucis, marmonna le type au sourcil percé. Vous savez très bien comment les loups arctiques les traitent.

— Non, qu'est-ce qu'ils leur font ? demanda l'Asiatique.

— La meute les prend en chasse et les tue. Je parle des *canis lupine*, pas des métamorphes. Mais moi je trouve qu'on devrait en prendre de la graine.

Les autres hommes grommelèrent d'un air approbateur.

Elle réessaya d'engager la conversation :

— Vous formez une meute ? Et ici, c'est votre QG ?

Elle regarda autour d'elle. L'entrepôt était fait d'acier, comme une grange géante. Le plancher était peint en gris, mais maculé de taches sombres. Des chaises pliantes et des tables étaient poussées contre un mur, et une rangée de casiers se trouvait au fond de la salle. De l'autre côté se trouvaient tous les accessoires du repaire de mecs : billard, baby-foot, jeu de fléchettes. Sinon, il s'agissait d'un grand espace vide.

Que faisaient-ils ici ?

Stanley lui jeta un regard.

— Personne ne vous a adressé la parole.

L'estomac d'Ashley gargouilla. Elle n'avait pas dîné à cause du trac de son rendez-vous avec les ravisseurs. Il devait être plus vingt et une heures, à présent.

— Tu veux jouer au billard ? demanda le sourcil percé.

— Ouais, pourquoi pas, répondit Stanley en se levant pour le suivre.

Elle resta avec le jeune Asiatique et une montagne de muscles, que l'Asiatique appela Brian. Ils se mirent à discuter de statistiques de base-ball.

Après trois bons quarts d'heure, elle se leva, déterminée à trouver des toilettes afin d'au moins boire un peu d'eau.

— Ou est-ce que vous croyez aller comme ça ? demanda Brian en la forçant à se rasseoir.

— Je peux avoir de l'eau ?

Il fronça les sourcils.

— Ouais, j'imagine. Ne bougez pas.

Brian traversa l'entrepôt jusqu'à une porte qui devait mener aux toilettes. Quand il revint, il avait un gobelet plein d'eau et un rouleau de scotch.

— Merci, dit-elle.

Elle saisit maladroitement le gobelet entre ses mains liées et suivit le scotch du regard. Ses peurs se confirmèrent lorsque l'homme s'accroupit devant elle et lui lia les pieds.

— Ce n'est vraiment pas nécessaire. Je n'essayais pas de m'enfuir. Je n'osais juste pas vous demander de me servir.

— Finissez, lui ordonna-t-il en tendant la main pour récupérer le gobelet.

Elle renversa la tête en arrière et engloutit ce qui lui restait d'eau, puis lui rendit le gobelet.

Il déchira un petit morceau de scotch.

— Hé, protesta-t-elle en reculant sur le canapé pour essayer de lui échapper. Ce n'est pas nécessaire. Je me tai...

Le scotch lui couvrit la bouche. Elle tenta de crier, lèvres fermées, et elle projeta ses pieds liés entre les jambes de Brian.

Il grogna de douleur et abattit sa paume sur la joue d'Ashley.

Elle haleta, mais à cause du scotch, elle ne put pas aspirer assez d'air. Ses narines se collèrent, la poussant à tenter d'inhaler plus fort jusqu'à ce que sa vision devienne noire et que des lumières se mettent à danser sous ses yeux.

Calme-toi. Expire.

Des larmes lui échappèrent, pas à cause de la douleur de la gifle, mais de sa panique à l'idée de ne pas pouvoir respirer. Elle parvint à emplir ses poumons d'air et à les vider, mais cela ne lui semblait pas suffisant. Les deux ordures s'étaient déjà éloignées, ce qui la soulagea, car elle n'aurait pas voulu qu'ils la voient pleurer. Elle ferma les paupières et appuya la tête sur le canapé, enjoignant son cœur à battre plus lentement.

Tu peux respirer par le nez. Tu peux respirer par le nez...

Elle ignorait combien de temps elle resta assise là avant que la porte s'ouvre. Elle décolla ses paupières pour voir Ben se diriger vers elle à grands pas, d'un air sombre et furieux. Elle se fit toute petite, ne voulant pas être l'objet de sa colère.

Il ôta le scotch de sa bouche, ce qui lui fit un mal de chien. Elle cligna des yeux pour ravaler les larmes pathétiques dues au soulagement d'avoir la bouche découverte. Le regard noir, Ben posa un doigt sous le menton d'Ashley pour lui tourner la tête sur le côté. Il examina sa joue, qui la brûlait toujours.

Il se releva.

— Qui l'a frappée ? demanda-t-il d'un ton autoritaire.

Le type gigantesque approcha et répondit d'un ton nonchalant :

— Elle m'a foutu un coup de pied dans les couilles.

Ben émit un grognement et plaqua Brian à terre en un instant, roulant avec lui dans un mélange de membres et de sons inhumains.

Elle s'entendit hurler, et elle porta les mains à sa bouche pour se faire taire. Les autres types s'approchèrent de la scène, sans paraître le moins du monde inquiets. En fait, ils semblaient plutôt enthousiastes, comme s'ils assistaient à un combat de coqs et qu'ils avaient parié sur le vainqueur.

— Vous n'allez pas les arrêter ? demanda-t-elle en se tournant vers Stanley, leur chef.

Il haussa les épaules.

— Pas encore.

Le poing de Ben jaillit et s'écrasa sur le nez de Brian, envoyant le sang gicler dans toutes les directions. Quand le liquide coula sur le sol, elle réalisa avec dégoût que les taches sombres sur le plancher devaient être du sang.

Les hommes continuèrent de rouler, de s'asséner des coups de poing et... oui, de se mordre, de se frapper la tête par terre ou de se donner des coups de boule. Les yeux de

Ben avaient une lueur jaune, et ses dents semblaient plus longues que celles d'un humain.

— Allez, ça suffit, intervint Stanley, d'un ton toujours aussi tranquille.

Brian jeta un regard à son chef et se leva gauchement.

Ben n'avait pas dit son dernier mot, et il lança une nouvelle attaque, mais les trois loups l'attrapèrent et lui coincèrent les bras dans le dos.

— Stanley a dit ça suffit, gronda le sourcil percé.

Ben s'immobilisa, mais ses muscles étaient tendus, ses traits tordus par la rage.

Stanley leva la main pour lui signifier de se calmer.

— Elle n'était pas marquée, dit-il avec douceur.

Ben se libéra des hommes qui le tenaient et se dirigea vers Ashley. Dans un mouvement fluide, il la jeta sur son épaule et alla vers la porte.

— Ouais, de rien, connard, grommela Brian.

Ben ne s'arrêta ni ne se retourna, se contentant de marcher jusqu'à la voiture, où il assit doucement Ashley sur le coffre.

* * *

Il prit de profondes inspirations pour retrouver son sang-froid. Il se haïssait d'avoir abandonné Ashley à une telle maltraitance. Qu'est-ce qui lui avait pris ? Ces loups n'étaient pas ses amis. Ce n'étaient même pas ses alliés.

— Fermez les yeux, marmonna-t-il, réalisant qu'il n'aurait pas dû la faire sortir sans le bandeau.

Miracle, elle obéit. Il récupéra la taie d'oreiller et le scotch et lui banda de nouveau les yeux. Ashley tremblait et avait une expression choquée. Il ignorait si cela était dû à la colère ou à la peur. Sans doute les deux. Il savait qu'il aurait dû s'excuser. Il aurait dû implorer son pardon, même, mais il était bien incapable de trouver les mots adéquats. Ce qu'elle avait subi était inexcusable. Et tout était de sa faute à lui. Il aurait dû la protéger, mais il n'avait fait que la terrifier et la traumatiser.

D'accord, elle avait placé une bombe dans son attaché-case, mais il ne pouvait pas vraiment lui en vouloir, si ? Elle ignorait de quoi il s'agissait. Et même si elle l'avait su, il était normal qu'elle fasse passer la vie de sa sœur avant celle de Ben. Il aurait été idiot de s'attendre à ce qu'elle s'attache à lui alors qu'elle était son assistante depuis moins d'une semaine.

Alors pourquoi cela l'ennuyait-il à ce point ?

C'était lui qui éprouvait un attachement irrationnel. Un attachement qui avait déjà causé un tas d'ennuis à Ashley, d'ailleurs. S'il ne lui avait pas demandé de devenir son assistante, s'il ne l'avait pas raccompagnée chez elle et emmenée au travail, installée à son étage, intégrée dans sa vie, elle n'aurait pas été choisie comme poseuse de bombe. Sa sœur serait actuellement en sécurité, et Ashley ignorerait complètement qu'un loup était obsédé par elle.

Il coupa le scotch qui lui liait les chevilles et l'aida à monter en voiture. Il alla s'installer de son côté et boucla la ceinture d'Ashley.

Elle se coucha sur la console centrale, mais sembla soigneusement éviter de poser sa tête sur les genoux de Ben, cette fois. Il pouvait la comprendre.

Il démarra et se mit en route. Malgré le désastre qu'avait été ce rendez-vous, il pouvait toujours compter sur un loup. Mark Ruhl lui avait donné son adresse. Malheureusement, Jeff Zolla, l'ancien pirate informatique de Stanley, appartenait désormais à la meute de Boulder, ce qui signifiait qu'il risquait de refuser d'aider Ben. Mieux valait aller le voir en personne plutôt que de lui passer un coup de fil. Mais avant tout, Ben voulait rendre visite à sa belle-sœur, car il avait un mauvais pressentiment concernant la personne qui se cachait derrière l'attentat raté.

Après avoir parcouru près de dix kilomètres, il ôta le bandeau des yeux d'Ashley.

— Vous pouvez vous redresser.

Elle s'assit et regarda par la fenêtre, cillant face à la lumière des lampadaires.

— C'était quoi... ça ? Vous cassez le nez des gens dès que vous êtes en colère ?

Comme il ne savait pas quoi dire, il garda le silence. Repenser à ce que ce salaud de Brian avait fait à Ashley lui fit serrer les dents.

— Je ne sais pas ce qui vous a énervé à ce point. Ce qu'il m'a fait n'était pas très différent de vos agissements. Vous m'avez amenée ligotée dans du scotch. Il n'a fait qu'en ajouter. Il m'a giflée. Vous m'avez donné une fessée. Plus d'une, même. Et je suis votre prisonnière, non ?

Ses mots lui firent l'effet d'un coup de poing dans le ventre. Elle avait raison. Il l'avait traitée tout aussi mal. Le fait qu'il tienne à elle l'absolvait-il ? Ou le fait qu'il se soit cru en droit de la punir après sa tentative de meurtre ?

Donner des fessées aux femelles faisait partie de la culture des loups, tout comme le fait de se bagarrer entre hommes pour résoudre des disputes. Mais Ashley avait dû être choquée par cette fessée. Il savait qu'il ne lui avait pas fait mal. Il s'en était seulement servi pour asseoir sa domination, pas pour lui causer des séquelles. Et vu l'odeur d'Ashley, elle avait trouvé cela excitant. Mais l'idée qu'elle se soit sentie violentée par lui comme elle l'avait été par les autres métamorphes le rendait malade.

Il lui était nocif. Très nocif. Et bien qu'il soit dans l'obligation de sauver la sœur d'Ashley et de protéger cette dernière des hommes qui chercheraient peut-être à lui faire du mal, son côté égoïste ne voulait pas que cela se fasse au prix de son estime pour lui.

Il prit brusquement la sixième avenue et se rangea devant le Motel 6. Elle ne serait pas en sécurité chez elle, mais il pouvait au moins la libérer si elle le souhaitait. Elle avait sa voiture et son téléphone. Il pourrait se transformer et continuer à pied. Il sortit du véhicule et rejoignit Ashley du côté passager. Il coupa le scotch autour de ses poignets et l'aida à se lever.

— Vous n'êtes pas ma prisonnière. Si vous voulez gérer ça toute seule, je ne m'en mêlerai pas.

Elle écarquilla, puis plissa les yeux. Elle croisa les bras.

— Et puis quoi encore, Stone ? Je n'irai nulle part sans vous.

Le loup en lui perçut cette fanfaronnade comme un appel d'accouplement. Une force insensée s'empara de lui et il la plaqua contre la carrosserie, écrasant sa bouche avec la sienne. Il sentit le goût de son gloss à la myrtille, ses lèvres incroyablement douces. Il enfouit les doigts dans ses cheveux bruns soyeux, serra le poing et tira. Il n'avait pas les idées claires, n'avait même pas prévu de l'embrasser, mais quand la langue d'Ashley répondit à la sienne, le léchant et luttant avec lui, son envie presque irrépressible de la marquer revint de plus belle.

Il frotta son érection douloureuse contre son ventre plat. Il l'embrassa comme s'il allait la dévorer, et les douces lèvres d'Ashley s'ouvrirent pour accueillir sa langue. Elle s'agrippa à ses épaules.

La peau brûlante, la vision affûtée, il sentit ses canines s'allonger.

Nom de Dieu. Il allait la marquer ici même, sur ce parking.

Non, s'il perdait le contrôle, il risquait de la mettre en danger. De la tuer, même. Quand un loup couchait avec une femelle, ses canines poussaient et il les enfonçait dans le cou ou dans l'épaule de sa partenaire. Cette morsure provoquait une soumission instantanée chez cette dernière, qui se détendait et l'autorisait à la dominer. Lors d'un accouplement, une marque indélébile en résultait. La peau était percée afin de laisser l'odeur du loup sous l'épiderme de la louve.

Avec une humaine, il craignait d'imaginer ce qui pourrait en résulter. Il risquerait de la toucher à la jugulaire, et la douleur qu'il lui causerait serait impardonnable. Surtout que les membres de son espèce ne guérissaient pas du jour au lendemain, contrairement aux métamorphes.

Lâche-la.

Son corps refusa d'obéir à sa raison. Il lui renversa la tête en arrière et lui lécha le cou, lui mordilla la peau. Cet acte réveilla son instinct primaire, et soudain, ses canines sortirent pleinement.

Il fit un bond en arrière et se détourna pour éloigner le cou d'Ashley de ses mâchoires, qu'il referma dans un claquement. Il se mit dos à elle et fit de grands pas pour mettre de la distance entre leurs corps. Il prit plusieurs bouffées de l'air frais de septembre et regarda la lune comme si elle pouvait l'aider à retrouver son sang-froid.

— Ben ? lui lança-t-elle.

Elle avait beau jouer la femme imperturbable, il entendit une note vulnérable dans sa voix.

— J'arrive, dit-il d'une voix plus grave que la normale.

Il fit le tour de la voiture en gardant largement ses distances, et sa vision redevint celle d'un humain, ses dents se rétractèrent. Il espérait que son sexe ferait bientôt de même. Après plusieurs tours autour du véhicule et de son employée, incrédule, il retourna s'asseoir derrière le volant et claqua la portière sans jeter le moindre regard à Ashley.

Elle monta en voiture et attacha sa ceinture.

— Je suis désolé, dit-il d'un ton bourru. Ça ne se reproduira plus.

Elle tourna la tête vers lui et le dévisagea d'un air insondable. Que pensait-elle donc de tout cela ?

Son téléphone sonna. Elle plongea sur sa sacoche, saisissant le portable tellement vite qu'il la frappa en plein visage. Elle le rattrapa, tremblante, et le retourna pour regarder l'écran.

— C'est eux, murmura-t-elle comme s'ils risquaient de l'entendre.

— Répondez.

— A... allô ?

— Qu'est-ce qui s'est passé ? demanda une voix d'homme trafiquée.

— Où est ma sœur ?

— Votre sœur va mourir si vous ne nous apportez pas cet ordinateur. C'était quoi cette bête sur le lieu du rendez-vous ?

— Je ne sais pas. Elle s'en est prise à moi aussi. Elle m'a chassée jusqu'à ma voiture, et j'ai démarré sans regarder où elle allait.

Un silence suivit. Puis :

— Vous avez parlé à qui ?

— À personne ! Pas âme qui vive. J'ai toujours l'ordinateur, et je veux ma sœur.

— Tenez-vous prête pour un nouveau rendez-vous. On vous appellera pour vous donner les coordonnées.

— Attendez... quand ? À quelle heure ?

— Demain soir.

Son interlocuteur raccrocha.

Elle regarda Ben et soupira.

— Bon, on dirait qu'elle est toujours en vie, dit-elle.

Peut-être. Il n'était pas convaincu. Le fait qu'ils n'aient pas emmené sa sœur au point de rendez-vous lui disait qu'ils n'avaient pas l'intention de laisser la vie sauve aux deux femmes.

Elle brancha son téléphone au chargeur de la voiture. Il était content que celui-ci soit compatible avec son propre portable.

— Vous croyez que je devrais appeler mes parents ? Je veux dire... ils sont en droit de savoir qu'ils risquent de ne plus jamais revoir leur fille.

— Non, répondit-il d'une voix autoritaire. Ça mettrait votre sœur en danger.

Il s'attendait à moitié à ce qu'elle résiste, mais elle se contenta de hocher la tête.

— Ben ?

Il aimait bien qu'elle l'appelle par son prénom, même si c'était impertinent.

— Oui ?

Il se prépara à une nouvelle question difficile.

— J'ai faim.

Son soulagement face à ce problème facile à résoudre fut assombri par sa culpabilité. Il aurait dû se douter qu'elle serait affamée. Quel genre de loup était-il, s'il laissait sa compagne mourir de faim ?

Mais non, ce n'était pas sa compagne, et elle ne pourrait

jamais le devenir. Il fallait qu'il arrête de penser à elle en ces termes.

— Un fast-food, ça vous va ?

— Je serais prête à manger de la pâtée pour chiens, au point où j'en suis, marmonna-t-elle.

Il vit un panneau indiquant une zone avec plusieurs fast-foods et prit la sortie. Il se dirigea vers le drive. Avec le chemisier déchiré et couvert de sang d'Ashley, il ne pouvait décemment pas l'emmener à l'intérieur.

Il commanda et paya, avant de tendre le sac à Ashley et de reprendre la voie rapide.

Elle déballa son hamburger et en prit une énorme bouchée.

— Vous voulez que j'ouvre quelque chose pour vous ? lui demanda-t-elle la bouche pleine.

Malgré la tension qui régnait entre eux, il ne put s'empêcher de la trouver adorable. Il ressentit une bouffée d'envie. Ce serait comme ça, si Ashley était sa petite amie. Ils parleraient la bouche pleine, riraient, seraient à l'aise l'un avec l'autre. Il ne se souvenait pas de la dernière fois où il avait ri avec quelqu'un. Ce n'était pas arrivé depuis la mort de son père et de son frère, en tout cas. Pas depuis qu'il avait trahi sa famille et les avait laissés mourir.

Ashley s'empiffra, mangeant beaucoup trop vite. Elle s'enfonça dans son siège, soudain épuisée.

— Où va-t-on ?

— D'abord chez ma belle-sœur, puis voir un homme susceptible de nous aider.

— Comme les types de l'entrepôt ?

Il lui jeta un regard sombre.

— J'ai fait une erreur. Je n'aurais pas dû vous laisser avec eux. Pardon.

Étrangement, ses excuses lui portèrent un coup au moral. Elle ne s'était pas attendue à la moindre concession de sa part, et elle arrivait mieux à se prémunir contre son charme ténébreux quand il se comportait comme un con. Mais elle se doutait déjà qu'il était désolé. Il ne s'en serait pas pris à Brian dans le cas contraire. Et bien qu'elle ait trouvé cette démonstration de violence écœurante, elle s'était également sentie vengée.

— Écoutez, Ashley... j'aurais dû vous mettre en garde avant d'y aller. Ne soyez jamais insolente ou irrespectueuse avec un loup. C'est perçu comme un défi et une remise en question de la hiérarchie, et la violence est inévitable pour rétablir l'ordre.

— C'est pour ça que vous m'avez donné une fessée ?

— Oui.

— Ça vous plaît, hein ?

Il lui jeta un regard en coin et esquissa un sourire.

— Par certains aspects, oui.

Elle rougit, aux deux tiers en colère, l'autre tiers occupé par autre chose. Une émotion sinueuse et papillonnante dans son ventre.

— Sauvage, grommela-t-elle en se tournant vers sa vitre.

— Ashley, reprit-il d'un air sérieux. Je ne plaisante pas. N'offensez personne d'autre. Je sais que Brian l'avait bien cherché, mais c'est important. Si l'un d'entre eux vous avait blessée plus grièvement, je l'aurais peut-être tué. Et ensuite, j'aurais eu toute la meute aux trousses, et vous aussi, du coup. Alors ce n'est pas à prendre à la légère.

Je l'aurais peut-être tué. Cette information lui donnait le tournis. Il craquait bel et bien sur elle. Elle le savait.

— OK, répondit-elle.

— Oui Monsieur.

— Oui Monsieur, répéta-t-elle d'un ton seulement un peu sarcastique.

— Merci, dit-il.

Elle songea à la façon dont leur relation avait évolué en moins de vingt-quatre heures. Même s'ils n'allaient pas plus loin, pourraient-ils revenir à la situation d'avant ? Travailler chez Stone Tech lui semblait un univers complètement différent, désormais.

— Ben ?

Elle ignorait à quel moment elle s'était mise à l'appeler ainsi. Mais vu qu'elle l'avait vu nu et sous forme de loup, et qu'il lui avait donné la fessée, culotte baissée, l'appeler M. Stone ne lui paraissait plus approprié.

— Je peux vous appeler comme ça ?

Elle examina son visage sculpté, rendu encore plus sexy par sa barbe naissante.

— Non, répondit-il.

Il connaissait autre chose que les monosyllabes ? Son petit speech sur le respect dû aux loups devait être son plus long monologue.

— Vous croyez qu'on retournera un jour au travail ? demanda-t-elle.

— Oui.

— Je veux dire... est-ce que je serai toujours votre assistante ?

Elle retint son souffle. S'il la virait, elle le comprendrait. Après tout, elle l'avait volé et avait failli le tuer avec une bombe.

— Ouais, répondit-il.

Mais sa gorge semblait serrée, comme s'il mentait. Avait-il prévu de la renvoyer ? Ou pire... de la tuer ? Il avait assuré aux membres de la meute qu'il « s'occuperait d'elle ». Se contentait-il de la garder en attendant que la rencontre avec ceux qui cherchaient à le tuer ait lieu ? Comptait-il la tuer ensuite ? Elle avait pu constater qu'il était dangereux.

— Vous me donnerez une autre fessée si je dépasse les bornes ? demanda-t-elle pour se sentir plus légère, à défaut de dérider Ben.

Cela fonctionna. Il eut son ombre de sourire, cette pointe d'amusement qui lui plissait les yeux et touchait les commissures de ses lèvres.

— Vous aimez bien parler de fessées, dit-il.

Le sexe d'Ashley se contracta involontairement à ces mots. Elle retint son souffle, tentant de chasser le rougissement qui lui montait dans le cou. Elle persista, pourtant :

— Qui d'autre avez-vous fessé ? Karen ?

— Non, protesta-t-il avec surprise. Ne dites pas de bêtises.

— Qui, alors ? Vos petites amies ? Vos maîtresses ? C'étaient des louves ?

— Vous étiez ma première.

Pourquoi cette réponse lui faisait-elle si plaisir ?

— Vous aussi, vous étiez mon premier, dit-elle, même si cela la faisait passer pour une ingénue.

Il sourit pour de bon cette fois, et le cœur d'Ashley fit des acrobaties dans sa poitrine.

— Alors les fessées, c'est un truc de loups ? s'enquit-elle.

Il haussa les épaules dans la voiture plongée dans la pénombre.

— C'est une pratique courante. Une démonstration de dominance facile et sans risque de blessure.

— Donc en gros, les loups sont des gros cons sexistes qui s'estiment supérieurs aux femmes et en droit de les fesser ?

Elle retint son souffle, s'attendant à l'agacer, mais il sourit encore.

— Non. Je pense que certaines relations sont plus équilibrées. Mais je suis un alpha né. Je ne me crois pas supérieur aux femmes. J'ai juste besoin de dominer.

Elle réfléchit, et se souvint de ce qu'elle avait entendu à l'entrepôt.

— Il me semblait qu'ils avaient dit que vous n'étiez pas l'alpha.

Il mit si longtemps à lui donner une réponse qu'elle n'en espérait plus, mais il finit par dire :

— J'ai refusé de prendre la tête de la meute de mon frère. Je ne me sentais pas de le faire.

Elle lui toucha la cuisse.

— Bien sûr, ça faisait trop. Vous avez déjà dû reprendre les rênes chez Stone Tech, en plus du chagrin qu'a dû vous causer sa mort.

Ben lui jeta brusquement un regard, et un muscle tressauta dans sa joue. Il semblait vaguement alarmé, comme s'il était choqué qu'elle le comprenne. Du moins, elle espérait l'avoir compris. Mais il saisit la main d'Ashley et l'ôta de sa jambe. Durant le reste du trajet, elle eut envie de se cacher sous son siège.

Pourquoi ne pouvait-elle pas lui toucher la cuisse alors qu'il venait de la plaquer contre la voiture pour l'embrasser comme un fou ? Elle se ratatina dans son siège et regarda les phares des voitures qui les doublaient. La journée avait été trop riche en émotions pour qu'elle y comprenne quoi que ce soit.

***

Il se gara dans l'allée circulaire à Golden, une banlieue résidentielle à l'ouest de Denver. Niché au pied des montagnes Rocheuses, le jardin de Léon avait une vue spectaculaire et était même traversé par un ruisseau naturel. L'éclairage automatique s'enclencha, illuminant le trottoir.

— J'entre aussi ? demanda Ashley lorsqu'il ouvrit sa portière.

— Oui.

Elle descendit et lissa sa jupe froissée, tout en maintenant son chemisier fermé.

Il sonna.

Au bout d'un long moment, la voix de Shayla retentit derrière la porte fermée.

— Ben ?

— Oui, c'est moi. Désolé, il est tard, mais il faut que je te parle.

Elle lui ouvrit, le visage pincé, mais elle lui fit la bise. Shayla était une femelle alpha. Sa forme humaine était petite, mais sa louve était grande, élancée et rapide, avec une fourrure brun clair et des yeux jaunes.

— Je te présente Ashley Bell. C'est mon assistante chez Stone Tech.

Shayla regarda le chemisier déchiré et taché de sang d'Ashley, bouche bée.

— Que s'est-il passé ?

— On peut entrer ?

— Oh, bien sûr, pardon, dit-elle en les laissant passer. Que se passe-t-il, Ben ?

Il se frotta le visage. Il savait que Shayla n'aimait pas qu'on la mêle à des embrouilles la nuit alors qu'elle avait deux enfants en train de dormir. Léon avait été un mari parfait : il lui offrait les conditions nécessaires pour qu'elle puisse rester mère au foyer. Quand il avait demandé à Ben de devenir le parrain de leurs enfants, il avait été clair : s'il lui arrivait quelque chose, la priorité de Ben serait de diriger Stone Tech afin de continuer d'offrir à sa famille les luxes dont elle avait l'habitude.

Ben savait également que Shayla n'approuvait pas vraiment la façon dont il gérait les choses depuis la mort de Léon. Il sentait presque la réprobation émaner d'elle en cet instant même, et malheureusement, il la méritait sans doute. Bon sang, savait-elle que si Léon était mort, c'était de sa faute ? Il n'arrivait plus à affronter le regard de Shayla depuis qu'ils avaient enterré les restes déchiquetés du corps de son frère, qui avait été rapatrié aux États-Unis par avion pour les funérailles.

— Alors, qu'est-ce qui t'amène ?

— Je peux m'asseoir ? demanda-t-il d'un ton lourd de sens, bien qu'il soit impoli de sa part de souligner le manque de manières de Shayla, vu qu'il venait de débarquer sans prévenir alors que les enfants dormaient.

Elle rougit, comme il s'y attendait, et montra la table.

— Vous voulez quelque chose à boire ? Un thé, peut-être ?

Elle regarda Ashley, qui répondit :

— Non, merci, mais vous n'auriez pas un haut à me prêter, par hasard ?

Ben poussa intérieurement un juron. Il aurait dû demander à sa belle-sœur un change pour Ashley. Qu'est-ce qui ne tournait pas rond chez lui ? Il devrait se montrer plus prévenant avec elle.

— Si, bien sûr, répondit Shayla.

Elle disparut dans sa chambre et revint avec un tee-shirt

mauve qui semblait presque taille enfant. Elle le tendit à Ashley.

— J'espère qu'il vous ira, dit sa belle-sœur, toute menue.

Ashley le déplia sur sa poitrine.

— Merci. Je pourrais me débarbouiller dans la salle de bains ?

— Je vais lui montrer, dit Ben pour se racheter.

Il la mena dans le couloir menant à la salle de bains et la poussa à l'intérieur, fermant la porte derrière eux.

Elle se tourna vers lui.

— Vous ne me faites pas confiance ?

Elle ne semblait pas blessée, simplement curieuse.

— Je n'ai pas confiance en mon jugement, quand il est question de vous, admit-il.

Il s'approcha d'elle et défit le dernier bouton de son chemisier, celui qui se trouvait entre ses seins. Le chemisier s'ouvrit complètement, et la vue de son soutien-gorge en dentelle violette lui donna le tournis. Il était assorti à la culotte qu'il avait vue plus tôt. Ses seins fermes le remplissaient complètement, sa chair sortant même de cette prison.

Son membre s'épaissit, pressé contre la fermeture éclair de son jean.

À sa grande surprise, elle glissa ses petites mains sous son tee-shirt, le long de son ventre.

Il retint son souffle, troublé par sa peau contre la sienne.

— Qu'est-ce que vous faites ? demanda-t-il d'une voix rauque.

— Vous ne vous êtes pas fait tirer dessus ce soir ? s'enquit-elle, soulevant encore son tee-shirt pour l'examiner.

— Ah, si, répondit-il, hébété, en tentant de se reprendre.

Il se tourna devant le miroir. Les balles tendaient sa peau, prêtes à sortir. Il pressa l'une des plaies pour en expulser une.

Ashley la rattrapa et la fit tourner entre ses doigts, épatée. Il répéta son geste avec l'autre balle.

— Les métamorphes guérissent vite.

— Je vois ça, dit-elle.

Elle laissa tomber les balles sur le meuble de salle de bains et posa de nouveau les mains sur son torse. Dès qu'elle le touchait, elle laissait une ligne de feu sur sa peau, et à chaque seconde, Ben parvenait un peu moins à se maîtriser.

— Arrêtez.

Il posa ses mains sur celles d'Ashley et les repoussa. Cette fois, c'était lui qui tremblait.

— Pourquoi ? demanda-t-elle d'une voix grave.

— Je ne me maîtrise plus.

Il ramassa le tee-shirt que sa belle-sœur avait donné à Ashley et le lui passa au-dessus de la tête.

Elle glissa les bras dans les trous et finit de l'enfiler. Il était trop petit. Le tissu la moulait, mettant en valeur ses seins hauts et son ventre plat comme une mannequin Playboy. Il ne pouvait pas rester enfermé dans cette pièce avec elle une minute de plus. Il tourna les talons et sortit, sans plus se soucier de ce qu'elle allait y faire. Il entendit vaguement un bruit d'eau courante tandis qu'il s'éloignait et tentait de s'éclaircir les idées.

Shayla avait mis la bouilloire en route, bien qu'ils aient refusé sa proposition, et quand il regagna la cuisine, elle était en train de préparer du thé. Il l'informa des événements de la soirée, en omettant le rôle qu'avait joué Ashley dans le complot.

— Tu as appelé Stanley ? lui demanda Shayla d'une voix tendue.

Il soupira.

— Oui. Mark Ruhl m'a aidé à neutraliser la bombe, et

Stanley et certains de ses gars m'ont retrouvé au QG, mais Stanley n'était pas enchanté que je lui demande un service.

Shayla passa le doigt sur la table.

— Il n'a jamais voulu diriger la meute, lui dit-elle sans lever les yeux.

Il percevait le reproche dans sa voix.

— S'il a pris les rênes, c'était seulement pour empêcher la meute de Boulder d'en prendre le contrôle. Mais leur alpha, Bruce, récupère déjà tous les membres de notre meute qui estiment que notre chef est trop faible.

— Tu crois que moi, je le serais moins ? rétorqua-t-il.

Il regretta aussitôt ce qu'il avait dit. Ce n'était pas de la faute de sa belle-sœur s'il n'avait pas les couilles de faire ce que l'on attendait de lui.

— Laisse tomber, oublie que j'ai dit ça.

— Qu'est-ce que tu fais là, Ben ?

Il se frotta les yeux.

— J'ai des soupçons quant au responsable.

Ashley apparut sur le seuil, les yeux écarquillés.

— Qui ça ? demanda Shayla.

— Eh bien, il y a bien une personne qui était au courant du nouveau poste d'Ashley et qu'elle serait en mesure d'échanger les ordinateurs. Et cette même personne connaît bien la valeur de ce qui se trouve dans mes fichiers.

— Jack.

— Oui.

Ben était venu voir Shayla, car si Jack était le coupable, il devait jauger l'affection qu'elle portait à l'homme qui avait été le meilleur ami et associé de son défunt mari.

Elle sembla tout comprendre, car elle déclara d'un ton dur :

— Fais ce que tu as à faire.

Il haussa les sourcils.

— Tu es sûre ?

Elle lui adressa un hochement de tête décidé.

— Si Léon lui avait fait confiance, c'est à lui qu'il aurait confié la direction de Stone Technologies. Après tout, Jack connaissait l'entreprise comme sa poche. Pourquoi te choisir à sa place ? Bon, d'accord, tu as un diplôme de commerce d'Harvard, mais tu n'avais jamais travaillé pour lui.

Il faisait tranquillement la fête pendant que Léon se démenait pour bâtir une entreprise valant plusieurs millions de dollars.

Ça, elle ne le dit pas, mais ces mots flottaient tout de même entre eux, avec son incapacité à se montrer à la hauteur des attentes de son frère. La bouilloire siffla, et Shayla et Ashley eurent une petite discussion sur le thé qu'elle préférait pendant que Ben se morfondait sur son sort.

— Maman ?

Il se retourna et vit sa nièce entrer dans la pièce dans sa grenouillère.

— Ellie, s'exclama-t-il en bondissant de sa chaise pour la prendre dans ses bras.

— *Tío* !

Elle passa ses petits bras autour de sa nuque, l'étranglant presque. Il fit mine de lui dévorer le cou en faisant claquer ses mâchoires, et elle rit, ravie.

— Qu'est-ce que tu fais là ?

— Je venais m'assurer que tu étais couchée. Que fais-tu hors de ton lit, jeune fille ?

Elle s'esclaffa, sans prendre au sérieux un seul instant sa fausse sévérité.

— Tu m'as réveillée, dit-elle.

— Pardon, *mi amor*. Je sais : et si je te lisais une histoire avant que tu te rendormes ?

— Non, répliqua la petite fille de quatre ans avec obstination. Je veux rester debout avec toi.

— Mais je ne reste pas, *angelita*. Je suis seulement venu demander quelque chose à ta maman, et je m'en vais. Alors, cette histoire ?

L'enfant semblait indécise.

— Tu es venu avec ton amoureuse ? demanda-t-elle en regardant Ashley.

Il aurait dû répondre qu'il s'agissait de son employée, pas de son amoureuse. Mais l'idée qu'Ashley devienne réellement sa compagne, qu'elle assiste aux repas de famille avec lui, comme Shayla avec Léon, lui fit soudain tellement envie qu'il voulut faire semblant, même un instant.

— C'est Ashley, *muñeca. Es muy bonita, verdad* ?

Ellie gloussa.

— *Tío* a une amoureuse, *tío* a une amoureuse ! scanda-t-elle.

— *Ya, mi amor*. Allez, au lit !

— Non, s'écria-t-elle en agitant les pieds.

— Je l'emmène, intervint Shayla en la prenant dans ses bras. Ben, tu devrais y aller.

— Pardon, dit-il à sa belle-sœur alors qu'Ashley bondissait sur ses pieds.

— Pas de problème, dit Shayla d'une voix qui sous-entendait qu'il y en avait bien un. Je pense que tu devrais reparler à Stanley.

Il ne répondit pas. Il avait déjà une liste de choses à faire longue comme le bras.

Chapitre Cinq

La maison de Zolla était plongée dans le noir et dans le silence. Ben frappa à la porte, mais personne ne vint ouvrir, et ses sens de métamorphe ne détectaient aucune présence à l'intérieur. Avec un sourire, il composa le numéro donné par Mark. Zolla était un oméga, le bas de la chaîne dans une meute de loups, souvent à cause d'une histoire de taille ou de toute autre faiblesse.

Zolla répondit en disant « Ben Stone » d'un ton étonné. Visiblement, son numéro était enregistré dans son répertoire. Cela aurait pu lui sembler bizarre, mais trouver des informations, c'était la spécialité de ce type.

— Hé, tu es dans le coin ? Je me demandais si on pouvait se voir ce soir.

— Ah bon ? Je ne suis pas chez moi, là, je suis au Parador, un club de salsa du centre historique.

— Je t'y retrouve dans vingt minutes.

Il raccrocha et mena de nouveau Ashley à la voiture.

— On va où, maintenant ? s'enquit-elle.

— Danser la salsa.

— Sérieusement ?

Il ne répondit pas.

— Attendez… sérieusement ? Pour de vrai ?

— En tout cas, on va dans un club de salsa.

— Vous savez danser ? Ah, bien sûr, un Sud-Américain comme vous, vous avez sans doute fait ça toute votre vie.

— En gros, oui.

En Amérique latine, chaque fête était prétexte à danser, même les rassemblements les plus modestes. Il n'avait pas prévu de danser ce soir-là, mais comme elle semblait stupéfaite à cette idée, il se surprit à demander :

— Et vous ?

— Euh, pas vraiment, mais j'aimerais apprendre. Vous m'apprendrez les pas ?

Sa peau se couvrit de chair de poule à l'idée de la serrer contre lui sur la piste de danse. Ce serait trop intense. Mais il n'arrivait pas à lui dire non. Elle était trop mignonne, avec ses yeux implorants.

— On verra, répondit-il.

Ils arrivèrent au Parador et entrèrent. Ashley tirait sur son tee-shirt trop court d'un air gêné.

— Vous êtes très bien, lui dit-il.

En fait, elle était carrément canon. Toujours vêtue de sa petite jupe de tailleur et ses talons, le tee-shirt cassait son look professionnel pour lui donner une allure ultra-féminine.

Un groupe jouait sur scène et les gens dansaient sur la piste. Il y avait des tables un peu partout autour de la salle, et des couples étaient assis ensemble, têtes penchées l'une vers l'autre. Il n'y avait aucune trace de Zolla.

Il passa de nouveau le club en revue, s'arrêtant net en réalisant que l'oméga était en train de jouer du conga au sein du groupe. Zolla leva le menton en guise de salut. Ben choisit une table et s'assit, commandant à boire en espagnol.

Lorsque la chanson prit fin, l'oméga se présenta à leur table. Il portait un tee-shirt délavé avec ce qui ressemblait à une tache de café sur le devant. Ses cheveux, qui avaient besoin d'une bonne coupe, lui tombaient devant les yeux et bouclaient sur ses oreilles. Il les regarda tour à tour.

Ben lui fit signe de s'asseoir.

— Bon, qu'est-ce qui t'amène ?

— J'ai besoin de ton aide.

— Je ne fais plus partie de ta meute.

— Je n'ai pas de meute. Quelqu'un essaye de me tuer et a kidnappé la sœur d'Ashley. J'espérais que tu pourrais tracer un appel et une plaque d'immatriculation.

Zolla se tourna vers Ashley, et ses yeux tombèrent naturellement sur sa jupe moulante.

Ben se tendit.

— Ne la regarde pas, dit-il en essayant de ne pas prendre une voix menaçante.

Zolla baissa aussitôt les yeux avec soumission. Il tendit la main.

— Passe-moi le téléphone.

Ben fit un signe de tête à Ashley, qui fouilla dans sa sacoche et en sortit son portable.

Zolla se mit à pianoter sur l'écran. C'était un oméga à cause de sa taille. Sous forme humaine, il atteignait tout juste le mètre soixante-dix, et bien qu'il soit tout en muscles fins, il paraissait chétif. Sous forme de loup, il faisait la taille d'un chien, là où la plupart des métamorphes étaient plus grands qu'un loup ordinaire. Il bossait en freelance comme programmeur spécialiste de la sécurité, ce qui en faisait un excellent pirate informatique. C'était lui qui s'était occupé de la sécurité interne chez Stone Tech, sous la direction de Léon.

Ben ne connaissait pas bien Zolla, mais il se souvenait distinctement que son frère l'avait complimenté devant toute la meute quand il avait ôté des logiciels espions de leurs téléphones et leur avait fourni d'autres outils technologiques. Léon était doué pour repérer les talents des gens et faire preuve de reconnaissance.

Une lourde pierre lui tomba dans l'estomac lorsqu'il réalisa que lui n'avait jamais fait de telles choses depuis qu'il avait repris l'entreprise. Pas étonnant que les cadres se soient désintéressés des performances de la boîte. Était-ce ce à quoi Ashley avait tenté de remédier en les conviant aux réunions ? Les impliquer et les émanciper ? Il se passa la main dans les cheveux d'un geste brusque. Seigneur, il était nul. Avoir une personnalité dominante ne faisait pas nécessairement de lui un bon meneur. En fait, il était même déplorable. Un dictateur, comme son père. Bon, au moins, il n'avait pas cherché à diriger la meute, qu'il aurait sans doute également fait couler.

— Il était possible de mettre ce téléphone sur écoute et de le tracer, annonça Zolla.

— Ouais, ça ne m'étonne pas. Tu peux le nettoyer ?

— Pas si tu veux que je trace les appels qu'il recevra.

— Ah, je vois. Alors tu peux le faire ? Tracer les appels entrants, je veux dire ?

— Je peux essayer, oui. Pas d'ici, mais de chez moi, dit-il sans lever les yeux. Sauf s'ils ont changé les paramètres de localisation sur leur téléphone.

Ben poussa un soupir de soulagement.

— Super, merci.

Il nota le numéro de plaque d'immatriculation qu'il avait mémorisé et fit glisser le papier devant Zolla.

— Ça, c'est leur plaque.

L'oméga hocha la tête.

— Ça sera facile à trouver.

— Merci.

Zolla lui jeta un regard curieux.

— Qu'est-ce qui se passera si celui qui cherche à te tuer c'est Bruce, mon nouvel alpha ?

Ben haussa les sourcils.

— Pourquoi voudrait-il ma mort ?

— Franchement, Stone. Un loup solitaire avec une stature d'alpha ? Tous les meneurs des environs doivent s'imaginer que tu veux piquer leurs meutes. C'est peut-être Stanley, tu y as pensé ?

— Ce n'est pas lui. Et je ne cherche à voler la meute de personne.

— Moi, je le sais, mais, et si Bruce le croyait ? Et si j'agissais contre ses intérêts en t'aidant ? Tu me soutiendras ?

Ashley écoutait attentivement. Zolla lui jeta un regard, et Ben grogna.

L'oméga baissa de nouveau les yeux.

— Tu ferais mieux de la marquer, si tu es aussi territorial.

— Réfléchis à ce que tu viens de me dire et demande-toi si c'est une bonne idée.

Zolla parut songeur, puis il hocha la tête.

— Je vois.

Un loup ne mettait jamais sa compagne en danger, et Ben était une cible. S'il remettait les pieds au Venezuela, il serait aussitôt traqué par Sandoval, l'alpha et baron de la drogue qui avait détruit la meute de son père. Même ici, aux États-Unis, quelqu'un avait déjà commandité son meurtre. Qu'il s'agisse d'un humain ou d'un métamorphe, peu importait. Il refusait de mêler davantage Ashley à ses ennuis.

— Bon, on en revient à ma première question, alors, reprit Zolla en lui jetant un regard aussi insolent que possible, pour un loup subordonné.

Ben soupira. Il ne voulait avoir personne sous sa responsabilité. Il avait déjà du mal à gérer sa propre vie en déroute, et à présent, il devait aussi protéger Ashley. Il n'avait vraiment pas besoin d'un nouveau protégé. Mais il n'avait pas vraiment le choix.

— Ouais, je te protégerai.

Zolla eut un grand sourire.

— Une meute de deux personnes, alors.

Ben haussa les sourcils.

— Tu veux quitter ta meute pour me suivre ? Tu dois être cinglé.

— Nan. J'ai toujours su que tu étais mon alpha. J'attendais juste que tu te décides.

Une drôle de sensation traversa Ben, une sorte de frisson... d'acceptation ? D'assentiment face à son destin ? Il n'en savait rien. Il ravala la boule qui se formait dans sa gorge.

— Merci, dit-il.

Zolla hocha la tête.

— Je vais fouiller dans les données du téléphone et garder un œil sur les futurs appels. Vous voulez passer la nuit chez moi, tous les deux ?

Ben se tourna vers Ashley. Hors de question de la laisser passer la nuit près d'un autre loup.

— Non, je vais nous trouver un hôtel pas loin. Merci de ton aide. Tu as mon numéro de téléphone, non ?

— Ouais. Vous devriez rester un peu au club. On va bientôt se remettre à jouer.

— Non, répondit-il, avant d'hésiter en voyant le regard

de chien battu d'Ashley. Bon, juste le temps d'une danse ou deux.

Il se demandait ce qui lui prenait.

Zolla sourit. Il n'était pas dupe.

— Amusez-vous bien, dit-il.

Ashley adressa un sourire rayonnant à Zolla qui s'éloignait, et Ben dut ravaler le grognement possessif qui montait dans sa gorge.

* * *

Elle fondait rien qu'à l'idée de danser avec Ben. Elle ne s'était jamais imaginé l'homme de pierre en danseur émérite, mais après tout, elle ne l'avait jamais imaginé en loup-garou non plus.

Monsieur le macho avait commandé des boissons et des tapas en espagnol sans lui demander ce qu'elle voulait, mais cela ne l'avait pas dérangée. Elle aimait l'entendre rouler les R, prendre un accent mélodieux et sexy dans une langue qu'elle ne maîtrisait pas. Et la sangria ainsi que les petites assiettes couvertes de mets étaient un régal.

— Vous allez m'apprendre à danser ?

Les lèvres de Ben frémirent de cette note d'humour qu'elle s'était mise à beaucoup aimer. Il se leva et répondit :

— Oui.

Elle se mit debout, et il la prit par la main. Ses yeux passèrent rapidement sur ses seins, qui semblaient énormes dans ce tee-shirt trop petit. Elle baissa les yeux et réalisa que ses tétons dressés étaient bien visibles malgré son soutien-gorge. *Super*. Elle rougit, puis eut le souffle coupé en le voyant la dévorer des yeux tandis qu'il la menait jusqu'à la piste. Avant d'avoir pu trouver quelque chose à dire, il la fit pivoter vers lui, leva leurs mains unies et posa sa main libre derrière ses côtes. Ses doigts l'effleuraient tout juste, mais ils la contrôlaient, la faisant bouger d'avant en arrière dans une suite de pas qu'elle ne connaissait pas. Elle baissa les yeux, tentant de se concentrer sur les pieds de Ben pour découvrir ce qu'elle devait faire.

— Non, dit-il. Contentez-vous de suivre le mouvement.

Il la fit tournoyer, l'arrêta net, puis l'approcha de nouveau de lui. Il l'éloigna puis la fit avancer, avant de la coller à lui et de faire bouger son bassin contre elle.

— Vous n'avez pas besoin de connaître quoi que ce soit. Donnez-vous à moi.

Les genoux d'Ashley faillirent lâcher. *Avec plaisir*. Elle aimait traverser la salle dans ses bras assurés. Elle oublia son désir de bien faire et se fia à la capacité de Ben à mener la danse. Tout allait trop vite pour qu'elle puisse réfléchir, même si elle l'avait voulu.

Il était encore plus sublime sur la piste. Il était détendu, les mouvements du haut de son corps étaient souples, et ses pieds bougeaient à toute vitesse. Même son visage de pierre était décontracté, désormais, et il avait toujours la même note amusée dans les yeux. La culotte d'Ashley était mouillée de désir, et sans savoir comment, elle était persuadée qu'il le sentait.

Ils dansèrent sur trois chansons, jusqu'à ce que l'euphorie donne le tournis à Ashley. Ben pencha la tête sur son oreille, éveillant chacune de ses terminaisons nerveuses.

— On devrait y aller, dit-il, son souffle chaud.

La culpabilité l'assaillit. Elle n'aurait pas dû s'amuser alors que Mélissa était en danger. Elle hocha la tête, et il la mena à leur table, sur laquelle il jeta plusieurs billets de vingt.

— Je reviens tout de suite, dit-il.

Il commença à s'éloigner, avant de se retourner.

— Je vous interdis de danser avec qui que ce soit d'autre.

Elle haussa les sourcils, secrètement ravie qu'il se montre possessif. Mais elle ne voulait pas le montrer.

— Sinon quoi ?

Il se pencha pour que personne ne l'entende :

— J'abattrai de nouveau ma ceinture sur ce cul superbe.

Elle sentit son estomac faire un bond, et elle releva brusquement les yeux vers son visage pour voir s'il était sérieux. Il avait l'ombre d'un sourire, un peu en coin, ce qui signifiait sans doute qu'il était sérieux, et qu'il apprécierait de le faire.

Pourquoi était-elle aussi excitée à cette idée ? Elle n'aurait pas dû. Elle ne tournait pas tond. Au lieu de se sentir faible ou rabaissée, elle était enthousiaste face à son autorité et sa possessivité. Elle adorait ses attentions. Si seulement elle parvenait à chasser les ténèbres qui enveloppaient Ben et à briser sa carapace !

Il se dirigea vers la scène et dit quelque chose au loup qui avait promis de tracer les appels reçus par Ashley. Quand il revint, il la prit par la main, comme s'il était son petit ami, pas son patron, et il la mena jusqu'à la voiture. Sauf qu'il ne lui ouvrit pas la portière.

Au lieu de cela, il la plaqua à la carrosserie, son sexe contre son dos, le poing fermé sur ses cheveux. Puis... plus rien. Il semblait glacé par l'indécision.

— Grand-mère, que vous avez une grosse... queue, dit-elle, espérant l'encourager.

Durant un long moment, il ne dit rien, les muscles aussi durs et tendus que de l'acier pressés contre son corps, son souffle un murmure dans son cou.

— C'est pour mieux te baiser, mon enfant, répondit-il d'une voix rauque au bout d'une éternité.

Il la fit pivoter et commença à soulever son tee-shirt.

Elle garda les bras le long du corps pour l'en empêcher. Elle avait envie de lui, mais pas en public, contre la voiture.

— Ben, protesta-t-elle en luttant contre lui.

Son ton choqué sembla faire repasser les yeux de Ben du doré au vert. Il la lâcha et recula brusquement, rétablissant une séparation entre leurs corps. Il murmura un juron et se passa la main dans les cheveux.

— Je suis désolé, marmonna-t-il.

Il fit le tour de la voiture, et elle ressentit leur séparation dans chaque cellule de son corps.

Chapitre Six

Pour la deuxième fois ce soir-là, il leur loua une chambre dans un motel modeste et acheta des brosses à dents et du dentifrice à la réception.

Après l'anxiété et la peur des vingt-quatre dernières heures, elle aurait dû être impatiente de se mettre au lit et de dormir, mais c'était la dernière chose qu'elle avait en tête. Elle avait envie de Ben. Son corps était en feu, et il parviendrait peut-être à lui faire oublier son inquiétude pour Mélissa. Elle savait qu'il la désirait. Elle avait vu la faim dans ses yeux, sentit le tremblement de ses mains lorsqu'il la touchait.

Je ne me maîtrise plus, avait-il dit.

Elle voulait être la raison de cette perte de maîtrise. Elle voulait se noyer dans ces yeux verts et intenses, voir leur lueur jaune quand le côté animal de Ben faisait surface. Elle voulait qu'il la tienne et qu'il la prenne sauvagement.

Elle se brossa les dents dans la salle de bains et ôta sa jupe, espérant lui offrir une vision attrayante, en culotte et tee-shirt moulant. Elle se démêla les cheveux, appliqua du gloss et regagna la chambre d'un pas décidé.

Ben était assis au bord du lit, et il la regarda longuement, mais comme d'habitude, son visage ne trahit aucune émotion. Il l'observa tandis qu'elle s'approchait de lui et se plaçait debout entre ses jambes, sa culotte juste sous son nez.

Il ne la toucha pas.

— Allez vous coucher, Ashley, dit-il d'un ton las.

La détermination la rendit courageuse :

— Allez vous faire foutre, osa-t-elle répondre.

En moins d'une seconde, elle se retrouva clouée au lit par une main solide sur sa nuque, sa culotte baissée. Ben n'avait même pas bougé. Il s'était contenté de tourner le buste pour la faire prisonnière.

— J'ai l'impression que vous voulez une autre fessée.

— Oui, haleta-t-elle.

Elle l'entendit prendre une inspiration, dents serrées. Il ne bougeait pas. Il ne la lâchait pas, mais ne la fessait pas non plus.

Elle resta parfaitement immobile.

Puis la paume de Ben s'abattit sur ses fesses, vive et implacable. Elle tenta de rester en place, puisqu'il le lui avait demandé, mais elle n'y parvint que quelques instants, avant que la brûlure s'installe. Puis elle se tortilla et rua, se trémoussa et tenta d'éviter les coups impitoyables.

Elle se mordit la lèvre pour ne pas crier. Elle ne voulait pas qu'il arrête. Elle voulait tout, tout ce qu'il avait à lui donner. Ses fesses chauffaient sous sa main, et après une vingtaine de claques, la douleur se dissipa, transformée en une délicieuse brûlure. Elle avait mal, mais aussi beaucoup de plaisir. Elle attendait chaque nouvel impact sur ses fesses nues avec impatience. Elle s'offrait à Ben, se soumettait à sa domination. Une chaleur pulsait dans son sexe, enflammant son désir.

Soudain, il s'arrêta et la lâcha.

Elle patienta, curieuse, et ouvrit les cuisses dans une invitation claire.

— Allez vous coucher, répéta-t-il.

C'était comme un seau d'eau glacé en plein visage. L'espace d'un instant, elle fut incapable de respirer, humiliée d'être envoyée au lit après une fessée. Mais le désir la rendait audacieuse. Elle descendit maladroitement du lit et grimpa sur Ben, les jambes de chaque côté de son corps, les seins devant son visage.

Les traits de Ben se tordirent, comme s'il souffrait.

— Arrêtez, dit-il les dents serrées.

Pourtant, l'une de ses mains palpait déjà l'un de ses seins, son autre main sur ses fesses. Son geste était pressant, presque douloureux. Elle se colla à lui. Elle en voulait encore. Il posa sa bouche chaude sur un téton dressé et le mordit à travers le soutien-gorge. Ses deux tétons réclamaient ses caresses. Son sexe se contractait en rythme, impatient.

Il passa un bras autour de sa taille et, de sa main libre, il effleura sa culotte en soie, entre ses jambes.

Elle eut un sursaut à ce contact avec sa partie la plus sensible, mais il la maintint, et ses doigts commencèrent à s'enfoncer sous le tissu, le long de sa fente trempée.

— Ben, gémit-elle.

Il plongea deux doigts en elle tout en lui ôtant son tee-shirt d'une seule main. Tandis que ses doigts bougeaient en elle, il repoussa un côté de son soutien-gorge. Ses lèvres trouvèrent un téton, ses dents l'effleurèrent, sa langue le taquina.

Il tenta de baisser le soutien-gorge, et Ashley tâtonna pour le dégrafer et le jeter par terre.

Il enfonça de nouveau les doigts en elle, trouvant son

point g et faisant perdre toutes leurs forces à ses jambes. S'il ne l'avait pas maintenue, elle se serait écroulée. Mais il ne ralentit pas pour autant. Il continua de la doigter jusqu'à ce qu'elle se trémousse sur ses genoux, la pénétration poussant ses hanches à décrire des cercles incroyables. Elle sentait l'érection d'une taille impressionnante sous le jean de Ben. Elle passa les bras autour de sa nuque, s'agrippant à lui pour ne pas perdre l'équilibre tandis qu'il la faisait trembler d'un désir intense. Quand elle fut sur le point de jouir, il ôta ses doigts trempés de son sexe et pressa l'un d'entre eux contre son anus.

Elle sursauta et tenta de se dérober. Il la maintint et poussa avec insistance tout en glissant son autre main devant elle. Il plongea deux doigts – Seigneur, y en avait-il trois ? – dans son sexe et un dans son anus.

Elle mordit le tee-shirt de Ben et poussa un cri, dents serrées, immobile.

Personne ne l'avait encore touchée là. *Quand on joue avec le feu, on se brûle.* Ashley s'était doutée que Ben serait un amant passionné, mais elle ne s'était pas attendue à ce qu'il aille aussi loin, aussi vite.

Il alterna les pénétrations, d'abord dans son sexe, puis entre ses fesses, l'emplissant, l'étirant, l'envoyant près du point de non-retour. Les yeux d'Ashley roulèrent dans leurs orbites, et elle miaulait et feulait comme une chatte en chaleur, sans plus aucun contrôle.

Les sensations cascadaient en elle : vagin, clitoris, anus, tous stimulés à la fois. Elle se cambra, collant ses seins à la bouche de Ben. Quand il suça ses tétons avec insistance, elle se laissa aller. La tête renversée en arrière, elle sentit son corps se cabrer de lui-même quand l'orgasme la submergea. La pièce tanguait et sa peau la brûlait partout où Ben Stone l'avait touchée.

Avant de pouvoir reprendre son souffle, tout se renversa et elle se retrouva allongée sur le lit. Ben ôta ses doigts. Lui n'exprimait pas la relaxation qu'elle était en train de vivre. Ses sourcils étaient froncés avec douleur. Il se pencha et lui donna un baiser entre les jambes avec révérence avant de s'éloigner et de se rendre dans la salle de bains.

Elle resta allongée, les yeux tournés vers le plafond, le cœur galopant alors qu'elle se délectait de cette volupté. Elle s'attendait à voir Ben revenir avec un préservatif, mais elle l'entendit allumer la douche.

Elle se débarrassa de sa culotte, qu'elle avait désormais aux chevilles, et se dirigea vers la salle de bains.

Le rideau de douche était ouvert, et Ben était penché sur le mur carrelé, yeux fermés, le poing serré sur le sexe le plus énorme qu'elle n'ait jamais vu. Les muscles sculptés de son torse et de son bras ondulaient tandis qu'il caressait son membre avec une insistance qui donna le tournis à Ashley. Elle l'observa un instant, subjuguée. Mais la confusion finit par envahir son cerveau épuisé. N'avait-il pas envie d'elle ? Pourquoi soulageait-il ses désirs sans elle ? Elle se mit à douter d'elle-même et s'apprêtait à quitter la pièce, prête à faire comme si elle n'avait rien vu, quand il ouvrit les yeux et croisa son regard. Ses iris étaient ambrés, ses cils noirs faisant ressortir leur lueur. Elle vit la souffrance sur ses traits.

Avec une grande inspiration, elle s'avança.

— Je peux me joindre à toi ?

* * *

— Dehors, lança-t-il.

Elle sursauta, mais ne tourna pas les talons.

— J'aimerais bien t'aider avec ça, insista-t-elle en jetant un regard à son érection.

Elle avait les tétons dressés, et son corps nu était presque pénible à regarder tant il était beau.

Il ravala le grognement de désir qui lui montait à la gorge. Sa vue était d'une netteté incroyable, ses dents s'allongeaient. Il prit plusieurs inspirations pour se maîtriser.

— Dehors, répéta-t-il d'une voix rauque. Tu joues avec le feu.

— Peut-être que c'est moi, le feu, dit-elle avec douceur en faisant un autre pas en avant.

— Ashley, dit-il les dents serrées. Tu ne réalises pas ce que je te ferais.

— Qu'est-ce que tu me ferais ?

Son regard était doux, plein de désir. Ses cheveux bruns ondulaient sur son visage rosi, et ses pupilles occupaient presque tout l'espace dans ses yeux bleus. Bon sang, sa beauté... La peau de Ben se couvrit de chair de poule. Son besoin de la marquer l'envahit. Il s'imagina la revendiquer, la prendre sauvagement par derrière tout en plongeant les dents dans sa chair...

Il ferma la main sur son membre et continua d'aller et venir fermement. Nom de Dieu. Il ne s'était jamais senti aussi incapable de se maîtriser. Son orgasme le traversa comme une torpille, et il éjacula sur les carreaux, son sperme chaud lorsqu'il éclaboussa sa main et sa cuisse.

Ashley l'observait avec des yeux ronds. Elle se passa la langue sur la lèvre inférieure, causant à Ben une nouvelle secousse de plaisir. Il s'adossa au mur de la douche, les jambes flageolantes.

— Dehors ! aboya-t-il.

Elle resta figée, hésitante.

— Va-t'en, haleta-t-il.

Elle rougit, et il comprit qu'il l'avait blessée, mais il n'avait pas pu s'en empêcher. Elle ne réalisait pas ce qui se passerait s'il lâchait son animal sur elle. Elle serait marquée en quelques secondes, risquerait de se vider de son sang, et si elle survivait, elle se retrouverait accouplée à un loser avec un contrat sur sa tête. Elle ne serait plus jamais en sécurité.

— Pardon, bredouilla-t-elle en tournant les talons et en quittant la pièce sans un regard en arrière.

Il ferma les yeux, frustré. Quel con ! Il donna un coup de poing dans le mur, brisant les carreaux. La douleur soulagea une partie du désir qui pulsait en lui. Son orgasme ne lui avait octroyé qu'un apaisement furtif. L'envie obsédante de revendiquer la femelle enivrante qui se trouvait dans la pièce voisine bouillonnait toujours sous la surface. La nuit allait être longue.

Il coupa l'eau et s'essuya, avant de remettre son boxer et son jean. Il avait besoin d'une barrière entre Ashley et lui. Quand il émergea, la lumière était éteinte, Ashley roulée en boule sur le lit. À sa respiration, il savait qu'elle ne dormait pas, mais elle avait les yeux fermés et semblait vouloir faire semblant d'être plongée dans le sommeil. La culpabilité l'envahit. Comment pourrait-il s'expliquer ?

Il ne le pouvait pas.

Il prit un oreiller sur le lit et s'installa dans le fauteuil à côté de la fenêtre. Il dormirait là, le plus loin possible de la belle humaine dans son lit. Non, ce n'était pas son lit. Et elle ne lui appartenait pas.

— Tu peux dormir avec moi, dit-elle d'un ton blessé.

— Non, je ne pense pas en être capable.

Elle s'assit et le regarda dans la pénombre. Il savait

qu'avec ses yeux humains, elle ne distinguait pas grand-chose, mais lui voyait chaque trait pincé de son visage.

— S'il te plaît ? demanda-t-elle d'une petite voix.

Si les entrailles de Ben étaient un torchon, elle venait de les essorer et de les secouer. Comment lui refuser quoi que ce soit ? Il se leva et étendit sa longue silhouette sur le lit.

Elle lui tourna le dos, et il s'approcha d'elle, un bras autour de sa taille.

— Je suis juste là, lui murmura-t-il à l'oreille.

Elle poussa un soupir satisfait et entremêla ses doigts aux siens, plaçant leurs mains jointes contre sa poitrine. Il tenta de ne pas penser à la chaleur de son corps où à la façon dont elle s'imbriquait parfaitement contre lui. Étonnamment, malgré leur proximité, il finit par se détendre et le sommeil l'envahit beaucoup plus vite qu'il ne l'aurait cru.

Chapitre Sept

Il rêva qu'Ashley était penchée sur lui et lui murmurait des paroles sensuelles. Elle lui déboutonnait son jean, sa main glissait dans l'ouverture et elle saisissait son membre.

Il gémit tout fort, et le son de sa propre voix le réveilla en sursaut. Il cligna des yeux, toujours plongé dans le brouillard de son rêve. La lumière filtrait par les rideaux de la chambre.

Il avait une érection et... oh, Seigneur.

Ashley le saisissait à pleine main et le caressait.

Il était allongé sur le flanc, elle collée à son dos, toute moelleuse contre ses muscles durs. Il gémit à nouveau.

— Qu'est-ce que tu fais ? demanda-t-il d'une voix rauque.

— Chez les humains, on appelle ça une branlette, le taquina-t-elle, le son de sa voix envoûtant à son oreille. Mais je suis prête à aller plus loin.

Elle lui grimpa dessus et lui enleva son jean.

Il était incapable de la repousser, ou même de lui

demander d'arrêter. C'était mal, mais il en avait envie, voulait accepter tout ce qu'elle était prête à lui donner.

Elle se concentra de nouveau sur son membre, qu'elle saisit d'une main tout en approchant ses lèvres. Il frémit avant même qu'elle touche sa chair, anticipant sa chaleur mouillée. Il s'accrocha à la tête de lit pour éviter de la toucher, ferma les yeux pour éviter de la voir. Son bassin se leva du lit dès qu'elle posa la bouche sur son sexe.

— Oh, puuuuu…

Il ravala son juron, car il ne voulait pas se montrer trop cru. Elle méritait mieux que ça. Elle méritait un homme meilleur que lui.

Elle ferma les lèvres sur son gland et promena la langue sur ses contours.

Il pointa involontairement les pointes de pieds, jambes tendues, fesses serrées tandis que sa virilité prenait encore de l'ampleur par désir pour elle.

Elle le saisit à deux mains, le caressant de bas en haut tout en suçant son gland, donnant l'impression qu'elle l'avalait tout entier.

Ses dents l'effleurèrent plus d'une fois, car elle avait la mâchoire trop petite pour sa circonférence, mais il s'en fichait. Il voulait que ça dure toujours. Il voulait qu'elle arrête sur-le-champ. Il avait besoin de la revendiquer. *Non.* Il secoua la tête et tira sur les rênes de la bête.

Ashley poursuivit sa torture méticuleuse, fredonnant contre sa peau, léchant, suçant. Il crispa les doigts sur la tête de lit, les muscles tendus.

Le sperme monta dans son membre.

— Oh, la vache, dit-il d'une voix étranglée. Je vais jouir.

Ashley ne se retira pas, acceptant son offrande avec une grâce toute féminine et l'avalant avec un sourire satisfait.

Il la retourna sur le dos et lui sauta dessus, couvrant son

corps avec le sien. Son membre, toujours dur malgré son orgasme, trouva son entrée mouillée et commençait déjà à s'y presser lorsqu'il retrouva ses esprits.

Lâche-la.

Il cligna des yeux, fit onduler ses hanches pour que son gland la pénètre. Oh, alléluia. Il n'y avait rien de plus satisfaisant que de sentir ses petites lèvres s'ouvrir.

Non.

Il se fit violence et s'éloigna d'elle. *Reprends-toi, Stone.* Il descendit, repoussa la culotte d'Ashley, et plongea la langue en elle. Elle écarta les cuisses et plia les genoux pour lui faire de la place. Elle souleva le bassin, son ventre frémissant à chaque coup de langue. Elle avait une chatte soigneusement épilée : petite et très jolie.

Il s'interrompit, prit d'une idée glaçante :

— Pour qui est-ce que tu t'épiles ? demanda-t-il d'un ton impérieux, incapable de rester nonchalant.

— Pour toi, répondit-elle d'une voix langoureuse en faisant onduler ses hanches.

Il fronça les sourcils.

— Non, sérieusement. Pour qui ?

Elle se hissa sur les coudes, le front plissé face à cette interruption, ou peut-être parce qu'il n'avait aucun droit de lui demander cela.

— Pour moi-même. Ça me plaît mieux comme ça, d'accord ?

Il se détendit et posa le pouce sur son clitoris, qu'il fit doucement vibrer.

Elle se cambra et gémit quelque chose d'incompréhensible.

Il lui plaqua le bassin au lit, écarta ses petites lèvres et traça les contours de son entrée mouillée. Elle étouffa un cri quand il enfonça la langue en elle. Une expression d'excitation qui rendit son membre furieux d'être aussi loin d'elle.

Tout en se servant de sa paume pour caresser son bouton sensible, il fit des va-et-vient en elle avec son pouce, sans cesser de la plaquer au matelas tandis qu'elle se trémoussait sous ses caresses. Il ôta son pouce et plongea deux doigts en elle tout en léchant son clitoris.

Elle lui tira les cheveux, ferma les genoux sur ses oreilles, et poussa un cri étranglé.

Sa réaction faillit le faire jouir à nouveau. Elle était tellement belle avec ses cheveux étalés sur l'oreiller, son corps élancé ondulant sous ses mains. Il traça longuement un cercle autour de son clitoris avec sa langue, puis le suça. Il plaça un troisième doigt en elle et entama des va-et-vient en l'étirant. Elle devint folle, ses yeux roulèrent dans leurs orbites et elle enfonça ses ongles dans les épaules de Ben sous l'orgasme, frottant son clitoris à son visage. Il continua de pénétrer sa chatte serrée jusqu'à ce que le frémissement cesse contre ses doigts et qu'elle se laisse retomber sur le lit.

Il avait dû se transformer partiellement, prêt à la marquer, car il réalisa que sa vue s'était modifiée. Il recula à la hâte et se retrancha dans la salle de bains, où il alluma l'eau froide. Il se débarrassa de ses vêtements et exposa son visage et son sexe au jet glacé.

Bon sang. La fellation n'avait pas suffi à calmer son désir, pas du tout. L'eau coulait sur son corps échauffé, refroidissant sa peau, mais pas les flammes qui le dévoraient de l'intérieur. Son érection avait à peine diminué. Quand il eut terminé, il ouvrit le rideau d'un geste brusque et passa à grands pas devant Ashley, qui entrait justement dans la salle de bains en rougissant.

Il se comportait comme un connard. Il ne savait même pas se montrer gentil avec les femmes, même celles qu'il ne rêvait pas de baiser dans tous les sens. Il entendit l'eau couler sous la douche, et il ignora son sexe, qui le suppliait de se joindre à Ashley.

Lorsque le portable de cette dernière se mit à sonner, il échappa à son brouillard de désir. Il plongea sur sa sacoche pour en sortir le téléphone et se rua dans la salle de bains. Il coupa l'eau et le fourra dans les mains d'Ashley.

Elle décrocha avec de grands yeux effrayés.

— A... allô ?

Grâce à son ouïe supérieure à celle des humains, il entendait clairement la voix trafiquée.

— Minuit, sur le parking de la gare routière du centre.

— D'acc...

La ligne coupa avant qu'elle puisse terminer. Ben ne savait pas comment Zolla procédait, mais s'il avait besoin d'un appel d'une certaine durée pour le tracer, ils étaient fichus.

La main trempée d'Ashley tremblait lorsqu'elle lui remit le téléphone, le teint pâle.

Il avait envie de lui dire que tout s'arrangerait, mais il n'était pas sûr d'y croire lui-même, et il n'aimait pas mentir. Il se contenta d'un bref signe de tête et referma le rideau.

* * *

Ashley touchait à peine à son assiette. Même les toasts semblaient trop lourds pour son ventre nerveux. Zolla, l'ami de Ben, n'avait pas réussi à tracer l'appel, et ils n'étaient pas plus près de retrouver Mélissa que la veille. Ben était assis en silence, son assiette déjà vide, et l'observait de son air sombre. Si elle ne le connaissait pas mieux que ça, elle aurait cru qu'il était fâché contre elle, mais elle commençait à avoir l'habitude de ses regards noirs et de son visage renfrogné. Quoi qu'il ait en tête, quelles que soient ses pensées mystérieuses, elle était à peu près sûre qu'elle lui plaisait. Ce qui ne signifiait pas pour autant qu'elle se sentait en sécurité ou à l'aise avec lui.

Elle ignorait pourquoi il refusait d'aller jusqu'au bout avec elle, ou pourquoi la fellation qu'elle lui avait faite avait presque semblé le contrarier, mais elle avait remarqué que malgré son orgasme, il était resté au garde-à-vous. Le sexe était peut-être différent chez les métamorphes.

— Tu crois qu'elle va bien ? lui demanda-t-elle.

Il pinça les lèvres.

— Je ne sais pas quoi penser. Tout ce que je sais, c'est que le fait qu'ils s'intéressent toujours à mon ordinateur est une bonne chose. À nous de découvrir pourquoi.

Il fit un salut de la main, et elle se tourna pour voir arriver son ami Zolla, qui traversait la salle du restaurant pour les rejoindre. Elle se décala pour lui faire une place sur sa banquette, mais Ben secoua aussitôt la tête.

Zolla sembla comprendre le message. Il tendit la main avec galanterie et dit :

— Je suis sûr que vous préféreriez être assise à côté de Ben.

Elle posa les yeux sur un loup, puis sur l'autre, haussa les épaules et quitta sa banquette pour se glisser à côté de Ben.

— Alors, tu disais qu'il fallait découvrir pourquoi ils veulent mettre la main sur ton ordinateur ? s'enquit Zolla.

— Comment avez-vous pu l'entendre à l'autre bout du restaurant ? demanda Ashley, s'attendant à ce qu'il sache lire sur les lèvres.

Zolla eut un sourire en coin.

— Ouïe de loup. Pour mieux vous entendre, mon enfant.

Elle rit, et Ben lui jeta un regard, comme si elle n'avait pas le droit de s'amuser des blagues d'un autre homme.

Une serveuse arriva, et Zolla commanda un café.

— Alors, qu'est-ce qu'il y a sur cet ordinateur ?

Ben haussa les épaules.

— Je m'en sers pour accéder à tout, mais je ne sauvegarde rien d'important dessus. Ils veulent peut-être mes mots de passe ? Un pirate arriverait à s'en emparer, s'il avait mon ordinateur ?

Zolla hocha la tête.

— Oui. C'est moi qui me suis occupé de la sécurité informatique pour ton frère. L'entreprise est impossible à pirater. Si rien n'a changé, alors oui, seul ton ordinateur serait susceptible de leur donner un accès.

D'un air sinistre, il ajouta :

— Même Jack n'a pas accès à tout, bien qu'il me l'ait demandé plus d'une fois.

— À moi aussi, grommela Ben.

Zolla lui jeta un regard lourd de sens, et Ben pencha très légèrement la tête.

— C'est possible, répondit-il à la question silencieuse.

— Que Jack soit derrière tout ça ? s'enquit Ashley.

Ben hocha la tête.

— Que t'a appris leur plaque d'immatriculation ?

— Elle est au nom d'un certain Dan Walker. Un voyou tout ce qu'il y a de plus classique : plusieurs délits, une condamnation pour vol de voiture. Ce n'est sans doute pas le cerveau de l'opération, mais un simple mercenaire.

Zolla glissa un papier sur la table et ajouta :

— Voici son adresse, même si je doute que vous l'y trouviez.

— Et aucune info sur l'appel de ce matin ? intervint Ashley, bien qu'elle connaisse déjà la réponse.

Il secoua la tête et prit un air compatissant.

— La localisation a été désactivée sur le portable de votre sœur, et l'appel était trop court pour le tracer. Je suis désolé.

— Merci. C'est gentil de m'aider.

Ben sembla se hérisser, comme s'il n'aimait pas qu'elle lui parle.

Zolla la quitta des yeux et demanda :

— Tu as parlé à Stanley ?

Ben serra les mâchoires.

— Ouais. Il n'était pas content que je lui demande service alors que techniquement, je ne fais pas partie de sa meute. Je ne pense pas pouvoir compter sur leur aide pour le rendez-vous.

Zolla garda le silence un long moment, faisant simplement tinter ses couverts. Puis il soupira.

— Tu sais qu'il voudrait que tu prennes la tête de la meute, n'est-ce pas ?

Un muscle tressauta sur le visage de Ben.

— C'est hors de question.

Zolla haussa les épaules.

— D'accord, mais Stanley perd des loups à droite et à gauche. Il m'a perdu, moi. Il n'est pas assez fort pour commander. Personne n'a envie de suivre un bêta. Je sais bien que ça peut sembler ironique, venant de moi.

Ben ne répondit pas.

— Bon, j'ai un boulot à faire à Edgewater, alors je serai absent toute la journée, sauf si tu veux que je reste dans le coin.

Ben secoua la tête.

— Vous voulez rester chez moi aujourd'hui ?

— Peut-être, répondit Ben. Personne n'irait nous chercher là-bas.

— Si vous vous décidez à y aller, voilà l'adresse et le code pour entrer.

— Merci. Je pense qu'on va y aller.

— Parfait, alors je vous y retrouverai une heure avant le rendez-vous.

— Parfait. Je vais voir si Mark Ruhl veut se joindre à nous. Merci.

* * *

Ben lui ouvrit la portière, mais au lieu de monter en voiture, elle se tourna vers lui.

— Pourquoi tu deviens bizarre si je jette le moindre regard à Zolla ? lui demanda-t-elle.

Il détourna les yeux, observant les monts Flatiron qui s'élevaient majestueusement au loin. Son corps le démangeait de se transformer et de courir dans la nature afin d'évacuer les tensions qui le rendaient bougon.

— Tu te comportes de manière irrationnelle, insista-t-elle.

Il savait qu'elle avait raison. Il allait trop loin, même pour un loup. Il s'efforça de la regarder dans les yeux.

— Je sais. Je suis désolé. Je n'arrive pas à m'en empêcher, quand je suis avec toi.

— Eh bien tu peux te détendre, parce que tu es le seul qui m'intéresse, dit-elle en plaçant une main sur son torse.

Son contact le brûla comme un fer rouge, et le courant électrique qui passa entre eux lui fit faire un bond en arrière. Mais il avait beau adorer Ashley, la désirer, il ne

115

pouvait pas l'avoir. Et prétendre le contraire alors qu'elle se montrait sincère avec lui aurait été cruel.

— Ashley... je ne peux pas.

Il regarda autour de lui, comme si les mots justes poussaient peut-être sur un arbre voisin.

— Je ne peux pas faire ça avec toi, précisa-t-il.

Elle se raidit et demanda d'une voix tendue :

— Pourquoi ?

Il se passa les doigts dans les cheveux.

— Je ne peux pas, c'est tout. Je suis désolé. Ce n'est pas possible. Je n'aurais pas dû...

Il déglutit.

— Je n'aurais pas dû faire ça hier soir... ou ce matin. Je sais que je suis un connard. Tu ne mérites pas ça.

Le visage d'Ashley devint un masque impassible, et elle haussa les épaules comme si cela n'avait aucune importance, avant de monter en voiture. Il hésita, la main sur la poignée de la portière. Mais que pouvait-il dire de plus ? Lui expliquer cette histoire de marque ne ferait que la terroriser. En plus, même si la marque n'était pas un problème, il ne pourrait pas la fréquenter. Il refusait de laisser un autre être cher mourir à cause de lui. Il ferma la portière et alla s'asseoir derrière le volant.

Ils roulèrent en silence pendant vingt minutes avant qu'elle demande :

— Il y a une autre femme ?

— Non, répondit-il d'un ton sec, bien qu'il n'ait pas eu l'intention de se montrer brusque.

Elle sursauta et se tourna vers sa vitre.

Il attendit la question suivante, qui ne vint jamais. Ils arrivèrent chez Zolla sans s'être adressé le moindre mot supplémentaire. Il se rangea dans l'allée et se servit du code que lui avait donné l'oméga pour ouvrir le garage. Quand il revint à la voiture, Ashley s'était glissée dans le siège conducteur.

— À plus tard, marmonna-t-elle en tentant de fermer la portière qu'il avait laissée grande ouverte.

Il plaça la main dans l'ouverture et parvint à ralentir la portière avant qu'elle claque sur ses doigts.

Il vit l'horreur envahir les traits d'Ashley tandis qu'elle rouvrait la portière pour le libérer. Il en profita pour glisser son corps tout entier dans l'entrebâillement et sortir Ashley de la voiture.

— Arrête ! lui cria-t-elle en se débattant.

Craignant de lui laisser des bleus sur les bras, il la fit tourner et la souleva par la taille.

— Où croyais-tu aller comme ça ?

— Je ne sais pas... loin d'ici ! Qu'est-ce que ça peut te faire ? Je viendrai au rendez-vous.

Son besoin de la protéger poussa ses dents à s'acérer dans sa bouche, et un grondement quitta sa gorge.

Elle se glaça, ses épaules se voûtèrent dans un léger signe de soumission, mais quand elle parla, ce fut d'une voix forte et pleine de courage :

— Alors je suis toujours ta prisonnière, hein ?

— Ouais, grommela-t-il. Tu es toujours ma prisonnière.

Il la pencha sur le capot de la voiture et fit pleuvoir les coups sur ses fesses.

— Ben ! s'écria-t-elle d'une voix suraiguë, paniquée à l'idée d'être humiliée en public.

— Ne t'avise pas d'aller où que ce soit sans moi, grogna-t-il.

Il continua de la fesser, pas parce qu'il estimait qu'elle méritait d'être punie, mais pour asseoir sa dominance. Il ne s'attendait pas à gagner sa soumission, cependant. D'ailleurs, il signait sans doute l'arrêt de mort de leur relation, chose qu'il aurait dû vouloir. Sauf... qu'il était incapable de renoncer à elle.

— D'accord, mais arrête !

Elle le regarda par-dessus son épaule. Son visage contenait un mélange d'émotions ; ses yeux sombres et brillants, ses dents sorties, ses sourcils froncés de colère.

— Tu ne peux pas partir, gronda-t-il. C'est dangereux.

Elle ne répondit pas, et il lui asséna plusieurs claques sur les fesses.

— Ashley ? C'est bien compris ?

— Oui *Monsieur,* dit-elle d'un ton dégoulinant de sarcasme.

Il la retourna et glissa l'épaule dans le creux de ses hanches pour la jeter sur son dos, faisant accidentellement remonter sa jupe. Lorsqu'il tenta de la remettre en place, il effleura sa culotte et découvrit qu'elle était trempée. Même quand elle était furieuse contre lui, son corps lui disait oui. Son membre devint dur comme du bois. Comment pouvait-il douter qu'elle soit sa compagne ? Entre eux, l'atmosphère était électrique.

Elle lui donna une tape dans le dos.

— Pose-moi, espèce de gros con. J'en ai ras le bol de ton comportement d'homme des cavernes. J'en ai ras le bol de toi.

— Je veux bien te croire, dit-il en la portant dans le garage avant d'ouvrir la porte qui menait à l'intérieur de la maison. Malheureusement, tu n'as pas d'autre choix que de me supporter une journée de plus.

Il la posa sur le canapé.

— Est-ce qu'il faut que j'aille chercher mon rouleau de scotch ?

Elle bondit sur ses pieds, un air de défi sauvage sur ses traits.

— Oui !

Il dissimula un sourire surpris. *Oui* ? Que voulait-elle dire ? Des scénarios salaces lui passèrent en tête.

— Très bien, dit-il.

Il la fit pivoter et lui joignit les poignets dans le dos. Il s'en servit pour la tirer au bout du canapé et la pencher sur l'accoudoir rembourré.

— Tu as besoin d'être attachée, Ashley ? demanda-t-il d'une voix grave et rocailleuse.

Elle haletait bruyamment.

Il se pencha sur elle, son érection collée à ses fesses rebondies.

— Tu aimes être ma prisonnière ? lui murmura-t-il à l'oreille.

Elle ne répondit pas, mais poussa ses fesses vers l'arrière, la chaleur de sa peau brûlant son érection. Il prit sur lui et éloigna prudemment son bassin. Il ne pouvait pas la revendiquer. Il ne devrait même pas faire ça, pas après lui avoir dit que toute relation entre eux était impossible. Mais l'odeur enivrante de sa chatte mouillée avait envoyé sa raison aux orties.

Sans lui lâcher les poignets, il se servit de sa main libre pour soulever sa jupe et baisser sa culotte. Ses fesses étaient rouges après la fessée qu'il venait de lui donner, et elle se contracta, comme pour parer de nouveaux coups.

Il tâtonna, pour voir s'il l'avait analysée correctement :

— Écarte les jambes, Ashley.

Elle ouvrit les cuisses.

Son membre se pressa douloureusement contre sa fermeture éclair.

Il glissa une main entre les jambes d'Ashley et donna une claque sur son sexe.

Elle poussa un cri aigu, tenta de se redresser, mais il ne

la laissa pas faire. Il remarqua toutefois qu'elle n'avait pas refermé les jambes.

Il lui donna une autre tape, et son lubrifiant naturel lui enduisit les doigts. Il continua de frapper, encore et encore, jusqu'à ce qu'elle se mette à gémir et à le supplier.

— Pitié... Ben... Pitié...

— Pitié quoi ?

— Je... s'il te plaît... baise-moi.

Il n'avait pas anticipé la réaction de son corps à ces mots. Sa peau s'enflamma, le piqua, ses canines s'allongèrent, sa vision changea.

Ne. La. Marque. Pas.

Il s'efforça d'inspirer plusieurs fois par le nez pour se maîtriser. Quand sa vue redevint normale, il écarta davantage les pieds d'Ashley. Du bout de l'index, il parcourut sa fente mouillée, glissa entre ses petites lèvres et caressa son clitoris.

Elle poussa un gémissement chevrotant.

Il taquina son bouton délicat et les genoux d'Ashley lâchèrent, ses pieds glissèrent sous son corps. Son poids n'était plus supporté que par le canapé, et il enfonça ses poignets dans l'assise rembourrée, la maintenant en place pendant qu'il continuait de torturer son organe le plus sensible.

Les gémissements se firent plus forts et prirent un ton aigu et désespéré.

Il plongea deux doigts en elle.

Elle poussa une plainte et tira sur ses poignets entravés.

Il se mit à aller et venir. Quelques mouvements suffirent à la faire crier, et ses muscles se contractèrent en rythme sur ses doigts.

— Ben, dit-elle d'une voix étranglée.

Entendre son prénom sur ses lèvres le transforma presque en bête sauvage.

Sans trop savoir comment, il parvint à ôter ses doigts sans lui sauter dessus et la faire sienne pour toujours. Il lui donna une dernière tape entre les jambes avant de reculer. Sa transformation le menaçait toujours. Tout son corps tremblait sous l'effort qu'il fournissait pour se retenir. Il avait besoin de se métamorphoser et de courir, d'évacuer ses frustrations.

— Promets-moi que tu resteras là, dit-il d'une voix toujours rauque.

Elle ne dit rien.

Il frappa ses fesses nues, et elle poussa un petit cri.

— D'accord, promis !

Il lâcha ses poignets et remonta sa culotte, puis il la fit tourner vers lui et pinça l'un de ses tétons entre son pouce et son index, le faisant tourner face à ses yeux écarquillés.

— Tu me tues, marmonna-t-il.

Il savait pourtant que c'était lui le coupable. Il n'avait pas arrêté de souffler le chaud et le froid, de soumettre Ashley et son cœur – si elle tenait à lui, ce qu'il espérait follement – à la torture.

* * *

Après lui avoir pincé le téton, Ben se rendit dans la chambre et ôta son tee-shirt. Il débordait de vitalité masculine, et les muscles fins de son torse ondulaient à chacun de ses mouvements. Elle avait aperçu la bosse de son érection, et pourtant, une fois de plus, il ne l'avait pas pénétrée. Malgré l'orgasme qu'elle venait de vivre, son corps n'avait qu'une envie : qu'il lui monte dessus, qu'il la prenne avec son membre énorme, et qu'il la fasse crier sous ses coups de reins sauvages.

Elle n'arrivait pas à savoir où ils en étaient. Après la blessure qu'il lui avait infligée dans la voiture, elle avait compris qu'elle n'avait aucune raison d'être triste. Il ne lui avait jamais rien promis. Elle était déçue, vexée et n'aimait pas se faire rejeter, mais elle restait persuadée que Ben Stone ressentait quelque chose pour elle. Peut-être une simple attirance physique, peut-être plus.

En tout cas, avec lui, elle se sentait désirable et sexy. Il lui inspirait des émotions qu'elle n'avait encore jamais ressenties. Des choses folles. Par exemple, elle l'aurait volontiers laissé la suspendre au plafond pour la fouetter avec sa ceinture, si cela l'excitait. Car avec le recul, elle savait qu'elle, ça l'avait excitée. Elle contracta ses fesses toujours brûlantes après ses coups. Elle adorait son côté dominateur, était enivrée par sa puissance. L'idée qu'il la punisse à nouveau la faisait mouiller. Elle ne comprenait pas pourquoi, mais elle en voulait encore, sans aucun doute.

Elle aurait dû insister pour qu'il lui dise pourquoi il ne pouvait pas être avec elle. Elle avait eu peur de sa réponse et avait choisi de lui en vouloir plutôt que de garder la tête froide et d'essayer de le comprendre. À présent, elle avait envisagé un million de scénarios. Les humains et les métamorphes étaient peut-être incompatibles. À moins qu'un règlement lui interdise de fréquenter une humaine.

Sauf que Zolla avait conseillé à Ben de la marquer, ce qui sous-entendait que les loups pouvaient avoir une amante humaine. Qu'est-ce que ça voulait dire, *marquer* ?

Elle entendit la porte de la chambre cogner contre le mur, et un loup noir gigantesque apparut en trottinant. Elle retint son souffle, la peau couverte de chair de poule. Elle avait beau savoir que c'était Ben, cette bête la terrifiait toujours. Elle lui arrivait au moins au nombril et possédait une épaisse fourrure noire et des mâchoires gigantesques. Il se dirigea tranquillement vers l'arrière de la maison, où se trouvait une porte équipée d'une grande chatière. Avant de sortir, il se tourna vers elle, comme pour la mettre en garde.

— Je sais, je sais. Je ne bouge pas d'ici.

Le loup ouvrit sa gueule, révélant une rangée de dents menaçantes, mais elle aurait juré qu'il lui souriait. Cela lui rappela son premier jour d'assistante, et elle lui sourit en retour, malgré sa fierté. Le loup se pencha pour se glisser par la trappe trop petite pour lui, et disparut en courant.

Elle se roula en boule sur le canapé et se plongea dans un livre trouvé dans la bibliothèque de Zolla. Au début, elle pensa qu'elle serait incapable de se concentrer, mais son cerveau était tellement ravi qu'elle lui offre une distraction, qu'elle lui fasse oublier son inquiétude pour Mélissa et sa relation avec Ben, qu'elle se retrouva vite transportée sur une autre planète.

Elle n'en émergea que deux heures plus tard, lorsque son ventre se mit à gargouiller. Elle traversa le salon et ouvrit la porte d'entrée, cherchant Ben du regard. Le loup était assis sur le perron. Il se tourna vers elle et lui montra ses dents.

Elle se figea, la réaction automatique de son corps face au danger qu'un loup présentait. Sa raison l'emporta, et elle s'efforça de sortir et de s'asseoir sur les marches avec lui.

Ben se leva et glissa le nez sous sa cuisse pour qu'elle l'imite. Quand elle résista, elle vit de nouveau ses dents. Il mordit le tissu de sa jupe et tira en grognant. Refusant de se laisser impressionner, bien qu'il soit terrifiant, elle lui caressa la tête.

— C'est bon, c'est bon, je rentre. Mais j'ai faim. Pas toi ?

Il se colla à ses jambes et la poussa dans la maison.

Elle rit.

— D'accord, je rentre. Tu veux que je regarde s'il y a quelque chose à manger ici ?

Le loup jeta un regard à la cuisine.

— D'accord. Voyons ce que ton ami Zolla a dans ses placards.

Elle entra dans la cuisine et ouvrit le réfrigérateur, qui ne contenait que quelques restes de plats à emporter, des bières et des condiments. Elle ouvrit les placards. Il avait plein de denrées non périssables : boîtes de soupe, de haricots ou de pâtes au fromage. Elle sortit deux boîtes de chili con carne.

— J'imagine que tu veux de la viande, non ?

Elle fouilla les tiroirs et trouva un ouvre-boîtes.

Elle se demanda si Ben reprendrait forme humaine. Quelque part, les choses étaient plus faciles quand il était un loup. Elle ne pouvait pas se vexer qu'il ne lui parle pas. Et il était difficile de rester fâchée contre un animal.

Elle versa le chili con carne dans deux bols qu'elle passa au micro-ondes.

— Je suis bonne cuisinière, tu sais, même si ce repas ne risque pas de t'en convaincre. Un jour, peut-être, je te préparerai un bon petit plat. Pourquoi vous avez refusé de toucher à mon cake, Karen et toi ? C'était très grossier.

Le loup ouvrit de nouveau sa gueule, et elle eut l'impression qu'il se moquait d'elle.

— Quoi ? C'est vrai. Qu'est-ce qu'il y a entre Karen et toi, d'ailleurs ?

Quand le loup leva les yeux au ciel, elle gloussa.

— Rien ? T'es sûr ?

Il lui tourna autour, et elle tenta instinctivement de prendre ses distances, avant de lâcher un rire nerveux. La cuisine paraissait minuscule, avec son énorme corps à quatre pattes qui prenait toute la place.

— J'ai du mal à ne pas me laisser intimider par toi, admit-elle.

S'efforçant de conquérir sa peur, elle s'avança et lui tendit la main pour qu'il la flaire.

Elle eut de nouveau l'impression qu'il s'esclaffait. Elle enfouit les deux mains dans sa fourrure, caressant ses oreilles toutes douces et sa nuque touffue.

— Tu es très beau, en tout cas.

Il s'immobilisa sous ses caresses, mais elle ignorait s'il les appréciait ou pas. Être traité comme un chien était peut-être humiliant pour les loups-garous.

Le micro-ondes bipa et elle sortit leurs bols, posant celui de Ben à ses pieds.

— Désolée si ce n'est pas comme ça que tu manges. C'est tout nouveau pour moi.

Il ne semblait pas contrarié, car il vida son bol en une minute top chrono. Elle avait seulement eu le temps d'avaler quelques bouchées.

— Tu en veux encore ?

Il poussa un petit grognement qu'elle prit pour un oui, alors elle ouvrit une autre boîte de chili con carne qu'elle réchauffa pour lui. Pendant qu'il mangeait, elle l'observa. Il était aussi grand qu'un dogue danois, le genre de chien que l'on envisagerait presque de monter comme un cheval.

S'ils avaient des enfants ensemble, ils pourraient le chevaucher. Pff, d'où sortait donc cette idée ? Ils n'auraient pas d'enfants. Ils ne sortaient même pas ensemble. Ils se faisaient jouir, rien de plus.

* * *

Il avait beau détester être en intérieur sous forme de loup, il resta avec Ashley cette après-midi-là.

Quand il était sorti, il s'était rué chez Ashley pour renifler les lieux. Des gens s'y étaient rendus, cela ne faisait aucun doute. Il avait mémorisé leurs odeurs. Même si elle parvenait à sauver sa sœur, Ashley resterait en danger tant qu'ils n'auraient pas démasqué le cerveau des opérations. Mais où pourraient-elles aller, sa sœur et elle ? Démêler tout le complot risquait de prendre des mois.

Il estimait cependant que le logement de Zolla était relativement sûr, et il lui faisait confiance.

Ashley lut un moment, mais alors que le soleil commençait à se coucher, elle devint agitée et se mit à faire les cent pas dans la pièce.

— Tu crois qu'ils avaient la moindre intention de me ramener Mélissa ? lui demanda-t-elle.

Il conclut que c'était une question rhétorique, vu qu'il ne pouvait pas parler. Il préférait les choses ainsi, d'ailleurs.

Elle le regarda d'un air pincé.

— Moi, je ne crois pas. Ils ne portaient pas de masques ni rien. Et donc, soit ils sont complètement idiots et se fichent que je les identifie, soit ils avaient l'intention de nous tuer toutes les deux.

Il était parvenu à la même conclusion, raison pour laquelle il ne voulait pas quitter Ashley d'une semelle.

Elle continua de déambuler.

— J'aurais dû appeler la police dès qu'ils m'ont contactée.

Il lui jeta un regard noir.

— Non ? demanda-t-elle, les épaules basses. Non, tu as sans doute raison. Tu ne peux pas permettre à la police de mettre le nez dans tes affaires, mais je commence à me dire... Eh bien, nous sommes en infériorité numérique. Même si tu es un loup qui ne craint pas les balles. Mélissa et moi, on n'est pas à l'abri de leurs tirs.

Une ombre passa sur son visage.

— Si Mélissa est toujours en vie.

Il trottina jusqu'à elle et poussa sa jambe du museau en signe de protection et de réconfort.

Ashley lui caressa la tête. Elle s'enfonça dans le canapé et prit sa tête entre ses mains pour le gratter derrière les oreilles.

— J'ai peur, Ben, murmura-t-elle, les larmes qu'elle retenait brillant dans ses yeux.

Il lui lécha la main. Il devait faire quelque chose. Il refusait de la laisser angoisser, terrée ici pendant six heures de plus. Il se rendit dans la chambre et se métamorphosa en chemin. Quand il se retourna pour fermer la porte derrière lui, il vit Ashley tordre le cou pour le regarder et se rincer l'œil, et bon sang, cela lui provoqua une furieuse érection. Elle ouvrit la bouche lorsque leurs regards se croisèrent, et il lui adressa un demi-sourire, voyant ses yeux s'écarquiller et ses joues rougir.

Il ferma la porte et s'habilla.

— Viens, lui dit-il en sortant d'un pas vif pour la prendre par la main.

— Où va-t-on ?

— Dehors, répondit-il en la menant vers le garage. Tu n'en peux plus d'être coincée ici, et moi non plus.

Il lui ouvrit la porte. Elle le regarda d'un air perplexe.

— Il y a un restaurant de tacos qui sent très bon au bout de la rue. Tu peux marcher avec ces chaussures ?

Il regrettait de ne pas avoir cherché des vêtements de rechange pour elle. La pauvre portait toujours sa jupe de tailleur, ses talons et le tee-shirt mauve de Shayla.

Elle tira sur sa jupe comme si elle pouvait couvrir ses longues jambes nues.

— Oui, bien sûr, dit-elle. C'est loin ?

— Un pâté de maisons seulement. Si tu fatigues, je te porterai.

Elle se lécha les lèvres, faisant tressauter son membre. Elle piqua un fard et détourna les yeux.

— Ce ne sera pas nécessaire, répondit-elle d'une voix plus rauque que d'habitude.

Brusquement, il se surprit à la plaquer contre le mur, son corps pressé contre ses courbes moelleuses. Il prit son visage entre ses mains, comme prêt à l'embrasser. Il se ravisa juste à temps, glacé par le côté inapproprié de ses actes. Il venait de lui raconter qu'il ne pouvait pas se mettre en couple avec elle. Qu'est-ce qui lui prenait ?

Il posa les lèvres sur son front, puis sur sa tempe, et enfin, sur sa bouche pulpeuse.

— Ashley... je suis un nid à emmerdes. Regarde où ça t'a déjà menée, de bosser pour moi...

Il s'interrompit, regrettant de ne pas pouvoir ravaler ses propos. Il ne voulait pas qu'elle arrête de travailler pour lui, quoi qu'il arrive. L'idée de retourner à Stone Technologies sans elle le tuait.

— Ce que j'essaye de te dire, c'est que...

Eh bien, qu'essayait-il de lui dire ? Cette proximité avec elle, son corps collé au sien, son parfum dans ses narines l'empêchaient de formuler quoi que ce soit.

Il lui caressa la joue avec le pouce, rendu étonnamment tendre par un mélange de désir et de chagrin.

— Ashley, c'est tellement compliqué. Et je suis... désolé.

Elle leva le menton dans une adorable expression de défi.

— Qu'est-ce qu'il y a ? Qu'est-ce qui t'empêche d'être avec moi ? Dis-le-moi.

— C'est trop dangereux. Tu es humaine et moi... non.

Elle battit des cils, le repoussa et détourna le visage.

— Je suis désolé, répéta-t-il, reculant et tendant le bras pour lui faire signe d'ouvrir la marche.

* * *

Ils parcoururent la rue ensemble, côte à côte. Elle se sentait étourdie après avoir senti son corps ferme contre le sien, excitée par la façon agressive dont il l'avait plaquée contre le mur. La colère et la résignation luttaient en elle. Elle croyait Ben quand il disait être désolé, mais ce qu'elle voulait, ce n'étaient pas ses excuses, c'était lui.

— Ben ?

Comme à l'accoutumée, il ne répondit pas, mais il la regarda.

— Le Venezuela te manque ?

Ce n'était pas la bonne chose à dire. Il remit son masque en place, ses traits plus durs.

— Non, répondit-il.

Elle était persuadée qu'il mentait, elle sentait sa douleur. Elle se souvint avec un temps de retard que son frère et son père avaient été tués là-bas. Si elle avait bien compris, ç'avait été une mort grotesque, à cause d'un animal sauvage... Oh. Un loup, bien sûr.

— Que s'est-il passé ? lui demanda-t-elle avec douceur.

Elle retint son souffle, mais ne s'attendait pas vraiment à recevoir de réponse.

À sa grande surprise, il dit :

— La meute de mon père était menacée par une autre. Une bande de métamorphes narcotrafiquants. Mon frère s'y est rendu pour l'aider à se battre, mais...

Il déglutit et en resta là.

— Je suis désolée. Et ta mère ? Elle vit toujours ?

Il secoua la tête.

— Non. Elle est morte d'un cancer quand j'avais douze ans. Une maladie qui est censée épargner les loups, dit-il d'un ton amer.

Pour une fois, elle n'avait rien à dire. Elle savait qu'il ne voudrait pas de sa pitié. Elle lui toucha la main, et il entremêla aussitôt ses doigts aux siens.

— Je crois... commença-t-il avant de s'éclaircir la gorge. Je crois qu'elle ne voulait plus vivre avec mon père. C'était un vrai salaud, comme moi.

La poitrine d'Ashley se serra et son nez se mit à la chatouiller alors que les larmes lui montaient aux yeux.

— Tu n'es pas un salaud. Tu joues ce rôle, mais je sais que tu n'es pas vraiment comme ça.

Il leva les yeux d'un air stupéfait. Elle affronta son regard et lui communiqua toute l'assurance derrière son affirmation. Comme s'il n'arrivait pas à l'accepter, il secoua la tête comme un chien qui s'ébroue.

— Je suis sérieuse. D'accord, tu te comportes parfois comme un con. Souvent, même. Mais au fond, tu es tout gentil.

— Non. Pas du tout. Et tu es la seule personne au monde à me décrire comme ça.

— Parce que je connais la vérité, dit-elle en levant le menton, le mettant au défi de la contredire.

Il hésita un instant, comme dérouté. Puis il secoua de nouveau la tête.

— Non, tu ne connais pas la vérité, répliqua-t-il avec amertume.

— Qu'est-ce qu'il faut que je fasse pour que tu acceptes ce que je te donne ? Tu es vraiment obligé de le rejeter ?

Elle avait failli dire *de me rejeter,* car au fond, c'était ce qu'il faisait.

Il ne répondit pas. Ils étaient arrivés au restaurant, et il la mena à l'intérieur, jetant un regard à la pancarte.

— Tu sais ce que tu veux ? lui demanda-t-il.

C'était un authentique restaurant mexicain, avec un menu presque uniquement en espagnol. Elle haussa les épaules.

— Surprends-moi.

Ben commanda en espagnol, et on lui servit deux bières Dos Equis avec des rondelles de citron vert. Il en tendit une à Ashley, et ils allèrent s'asseoir.

— Qu'est-ce que tu as commandé ?

— Un burrito à la *carne asada.* Ça te va ?

— Oui oui, répondit-elle avec un petit rire.

— Tu ne sais pas ce que c'est, hein ?

Elle sourit d'un air penaud.

— Une sorte de burrito.

— C'est de la viande de bœuf marinée. Je pense que ça va te plaire.

C'était idiot, mais elle se pencha et lui demanda :

— Tu peux me parler en espagnol ?

Il haussa les sourcils, et elle haussa les épaules.

— J'aime bien les sonorités.

— *Como qué ?*

— Continue.

— *Si pudiera decirte la verdad, diría que eres... todo mi mundo.*

Ses mots sonnèrent aux oreilles d'Ashley comme s'ils provenaient de Don Juan lui-même.

— Qu'est-ce que tu as dit ?

Il hésita si longtemps qu'elle réalisa qu'il s'était livré, pour une fois. Il avait dit quelque chose qu'il n'osait pas exprimer en anglais. Elle tenta de repasser les syllabes dans sa mémoire pour déchiffrer leur signification, mais l'espagnol qu'elle avait appris au lycée ne suffisait pas. Avait-il parlé de vérité, avant de dire qu'elle était *tout son monde* ?

Elle s'accrocha à cette idée et la rangea au fond de son cœur comme un joyau qu'elle pourrait admirer la prochaine fois qu'il la rejetterait.

Chapitre Huit

Ils retrouvèrent Mark et Zolla chez ce dernier. Ashley alla dans la salle de bains. Il la regarda s'éloigner, admirant ses fesses moulées dans sa jupe rouge. Bon sang, il rêvait de la pénétrer, de la fesser tout en la prenant par-derrière. Ou même de la sodomiser.

— Tu devrais vraiment la marquer, dit Zolla.

Il se renfrogna.

— Qu'est-ce que ça peut te faire ?

Il devait bien reconnaître à l'oméga son courage face au regard noir qu'il lui lançait.

— Ça te calmerait. Tu aurais les idées claires en sa présence.

Il retroussa les lèvres. Il n'en croyait pas un mot. On ne lui avait jamais dit que revendiquer une femelle pouvait avoir cet effet. En plus, c'était impossible.

— Elle est humaine.

— Et alors ? Il te suffit de faire attention. Mords-la à l'épaule au lieu du cou, tu éviteras les artères majeures. Elle guérira. Elle semble en bonne santé.

Sa vision changea et un grognement monta dans sa gorge. Il n'aimait pas que Zolla évoque son apparence. Il n'aimait pas qu'il parle d'elle tout court.

Zolla leva les mains et le menton, dévoilant sa gorge pour montrer sa soumission.

— Tu vois, c'est justement de ça que je parlais. Quand tu l'auras marquée, tu ne passeras pas ton temps à nous rappeler qu'elle est à toi.

— Je t'emmerde, grommela-t-il avant de se tourner vers Mark. Tu lui as apporté un gilet pare-balles ?

— Oui, répondit Mark en ouvrant son sac de sport. J'ai plusieurs gilets en Kevlar, ainsi que des armes à feu, si tu veux garder forme humaine.

— Non. C'est pour Ashley que je m'inquiète.

Il n'arrivait pas à oublier le sujet de la revendication de cette dernière, cependant. Il se tourna vers Zolla et lui demanda :

— Si tu étais à ma place, cerné par des ennemis qui veulent ta mort, tu marquerais une femelle ?

Zolla pencha la tête sur le côté.

— Peut-être pas, mais tu réfléchirais mieux si tu n'étais pas ivre de phéromones.

Ashley revint, sa silhouette frêle la faisant paraître si vulnérable, si humaine. Il fut saisi de l'envie de la protéger. Mais dans son cas, la protéger reviendrait à l'éloigner de lui.

Il ouvrit un gilet pare-balles pour elle.

— Je veux que tu portes ça au rendez-vous, annonça-t-il.

— Pare-balles ? demanda-t-elle en le dévisageant avant de jeter un regard à Mark.

— Oui M'dame, répondit Mark. Mais votre tête ne sera pas protégée, alors si des coups sont tirés, baissez-vous.

— Voilà comment ça va se passer, intervint Ben. Tu vas

conduire jusqu'à là-bas et procéder à l'échange. Je vous ai interrompus trop tôt la dernière fois, et je le regrette.

Ashley haussa les sourcils. Il savait bien qu'il admettait rarement ses torts.

— Dès que ta sœur sera libérée, tu montes dans ta voiture avec elle et tu reviens immédiatement ici. Jette des coups d'œil dans le rétroviseur pour vérifier que tu n'es pas suivie.

— Et vous, qu'est-ce que vous ferez ?

— On les attaquera, répondit-il.

Il jeta un regard aux deux hommes pour vérifier qu'ils étaient d'accord. Ils hochèrent la tête.

— Si quelque chose tourne mal et qu'on est obligés de débarquer avant l'échange – j'espère que ça n'arrivera pas – tu regagnes ta voiture et tu t'en vas. Je m'assurerai de sauver ta sœur et j'égorgerai tous ses ravisseurs.

Elle déglutit.

— C'est bien compris ?

— Oui Monsieur.

— Qu'est-ce que tu fais si un combat se déclare ?

— Je monte en voiture et je reviens ici.

— Gentille fille.

* * *

Ils prirent la route jusqu'au centre-ville. Il était dans la voiture d'Ashley, et il lui dit de le déposer à quelques rues de la gare routière.

— Tu te souviens du plan ? lui demanda-t-il.

Elle avait le visage pâle et les traits tirés, mais elle acquiesça sans hésitation.

— Qu'est-ce que tu fais ?

— Je prends Mélissa et je pars en trombe.

— Et si ça tourne mal ?

— Je monte en voiture et je m'en vais.

— Quoi qu'il arrive. Ne reste pas regarder.

Il nota un numéro de téléphone sur un bout de papier qu'il lui donna.

— Si ça dérape vraiment et qu'on ne revient pas chez Zolla, appelle Shayla. Raconte-lui ce qui s'est passé et elle t'aidera. D'accord ?

Les yeux d'Ashley étaient désormais ronds comme des soucoupes et son menton tremblait.

Il prit son visage entre ses mains et caressa ses lèvres avec son pouce.

— Non, non. Ne t'en fais pas. Tout ira bien. Je veux parer à toutes les éventualités, c'est tout. Je vais régler ça.

— D'accord, dit-elle d'une voix éraillée.

— C'est bien, tu es courageuse.

Il se pencha en avant, prêt à l'embrasser sur le front, mais son instinct d'accouplement prit le dessus. Il s'empara de sa bouche dans un baiser brusque, passant la langue entre ses lèvres jusqu'à ce qu'elle le laisse entrer. Sa main descendit le long de sa nuque, la maintenant prisonnière pendant qu'il embrassait et suçotait ses lèvres comme si elles étaient son seul salut. Il avait cette impression, et quand ils se séparèrent enfin, essoufflés, elle le regardait d'un air hébété. Il lui donna un dernier baiser, puis un autre avant de se forcer à tourner les talons.

— Je vais laisser mes vêtements dans ta voiture, annonça-t-il.

Il ouvrit la portière et se déshabilla. Il laissa les vêtements à l'intérieur, ferma la portière, et se transforma, ignorant son cerveau qui lui hurlait de ne pas laisser Ashley aller au-devant du danger.

* * *

Des sueurs froides mouillèrent son tee-shirt sous son gilet pare-balles lorsqu'elle arriva sur le parking de la gare routière. Tout son corps tremblait, et sur le volant, ses mains étaient glacées. Elle se gara et prit l'ordinateur avant de sortir. Elle regarda autour d'elle. Le parking était plein de voitures, mais elle ne voyait aucun mouvement, n'entendait aucune voix.

Elle se tourna de nouveau vers sa voiture et glissa les clés dans le contact pour pouvoir la démarrer en urgence, en cas de besoin. Elle laissa également la portière entrouverte. Puis elle se dirigea vers le centre du parking.

Le temps s'écoula à pas de tortue. Où étaient les loups ? Elle jeta un regard dans la pénombre, à la recherche d'yeux luisants, mais ne vit rien. Elle sentait tout de même que Ben était là, quelque part. Elle se mit à arpenter le parking, mais personne n'apparut.

Elle ferait peut-être mieux de regagner son véhicule.

Elle tourna les talons et reprit son chemin en sens inverse.

Une voiture s'engagea sur le parking, l'aveuglant de ses phares. Elle se couvrit les yeux et la regarda passer devant elle, jusqu'au bâtiment principal. Une femme descendit du siège passager et monta les marches en courant, tentant d'ouvrir la porte verrouillée de la gare. Elle se retourna, descendit les marches et regagna la voiture en disant quelque chose au chauffeur. Le véhicule rebroussa chemin.

Ashley soupira. Ce n'était pas eux. Mais alors, où étaient-ils donc ? Elle sortit son téléphone et regarda l'heure. Minuit quinze. Elle avait l'impression qu'une heure s'était déjà écoulée. Elle s'efforça de prendre une longue inspiration de quatre secondes, qu'elle retint le plus longtemps possible, jusqu'à ce que ses poumons menacent d'exploser. Puis elle souffla, et son corps se détendit légèrement. Elle renouvela l'expérience.

Trois paires de phares arrivèrent en même temps. De belles voitures, pas comme celle de la veille, sur le parking de Stone Technologies. Deux quatre-quatre noirs et une Mercedes bleu foncé. Des véhicules qui ne semblaient pas à leur place sur le parking d'une gare routière. Son cœur se mit à battre la chamade dans sa poitrine. Elle tourna sur elle-même, puis s'efforça d'attendre sans bouger.

Les voitures s'arrêtèrent en formant un cercle autour d'elle. Elle jeta un regard à son propre véhicule, qui se trouvait désormais à une bonne trentaine de mètres. Merde. Elle aurait dû attendre dedans. Pourquoi était-elle si stupide ?

Elle examina les voitures, tentant de déterminer si sa sœur était à l'intérieur, mais leurs phares l'aveuglaient toujours.

La porte de l'un des quatre-quatre s'ouvrit à la volée.

— Posez l'ordinateur et reculez, ordonna un homme.

— Où est Mélissa ? demanda-t-elle d'un ton ferme, regrettant que sa voix ait pris une note aiguë et tremblante.

L'homme arma son pistolet et le pointa dans sa direction.

— Faites ce que je vous dis.

— Où est Mélissa ? répéta-t-elle. Je ne vous donnerai rien avant d'avoir vu ma sœur.

L'homme tira et la balle frappa le sol à côté des pieds d'Ashley. Un hurlement quitta sa gorge et elle fit un bond, lâchant presque l'ordinateur, tremblant tellement fort qu'elle n'avait plus aucune coordination. Elle se demanda si le tir attirerait la police.

Elle vit une ombre bouger entre les voitures. Ben. Cela lui donna du courage.

— Montrez-moi Mélissa, et je vous remettrai l'ordinateur.

L'homme commença à s'avancer vers elle d'un pas menaçant. D'autres silhouettes émergèrent des véhicules et se rapprochèrent. Un grognement fendit l'air, et un homme cria quand Ben le jeta au sol.

— Son chien est là ! Abattez-le, lança le premier homme, sans cesser de pointer son arme sur elle et de l'approcher.

Elle recula, mais il fondait déjà sur elle. Il tira en direction de la poitrine d'Ashley, juste au-dessus de l'ordinateur. Elle fut projetée en arrière et atterrit sur le dos sous la force de l'impact. Une vive douleur dans sa poitrine lui coupa le souffle. L'ordinateur lui vola des mains et glissa sur l'asphalte.

— Hé, fais gaffe à l'ordi, crétin, s'écria l'un des types pendant que le tireur ramassait l'objet de leurs convoitises.

Elle haletait. *Je suis touchée, mais pas blessée.* Elle se rappela qu'elle portait un gilet pare-balles et roula sur le côté en grimaçant.

Un loup gris clair bondit au-dessus d'elle pour se jeter sur son agresseur. Il projeta l'homme à terre et lui arracha la gorge dans un grognement terrifiant. C'était un petit loup. Enfin, pas petit, mais de la taille d'un loup normal. Elle vit un loup brun clair gigantesque plaquer un homme à terre près de la Mercedes malgré la balle qu'il reçut. Zolla et Mark.

Elle se leva en vacillant, souffrant toujours à chaque respiration. Le pistolet avait glissé sur le sol et elle le ramassa, les doigts tremblants. La main fermée sur la crosse, elle baissa la tête et boitilla jusqu'à l'un des quatre-quatre.

Il fallait qu'elle trouve Mélissa.

Elle ouvrit la portière arrière sous le bruit des balles et des grondements. Le véhicule semblait vide. Elle entra pour jeter un œil dans le coffre. Personne.

Elle ressortit. Une plainte aiguë et animale la submergea de terreur. La peur au ventre, elle pointa son pistolet en direction du bruit. Ben se battait avec un homme tandis que plusieurs autres lui tiraient dessus. Elle pressa la gâchette.

Elle rata son coup, mais les types braquèrent leurs armes dans sa direction. Elle se baissa et se précipita vers la voiture suivante. Il y avait toujours quelqu'un derrière le volant, ce qui signifiait que sa sœur jumelle se trouvait sûrement à l'intérieur. Toujours pliée en deux, elle fit le tour du véhicule puis se redressa brusquement, le canon de son pistolet pointé par la vitre ouverte, sur la tempe du conducteur.

— Où est-elle ?

L'homme ne sembla pas se formaliser de l'arme braquée sur lui, ce qui la troubla.

— Pas ici, répondit-il.

— Où ? siffla-t-elle les dents serrées en lui tapant sur la tête avec le canon.

Il secoua la tête et lui adressa un sourire mielleux.

— Elle n'est pas ici. Pas de bol pour vous.

Elle avait envie de lui tirer dessus. Elle envisagea d'appuyer sur la gâchette, mais son code moral l'emporta. Elle n'était pas prête à ôter la vie à quelqu'un, même s'il avait tué sa sœur.

Elle recula lentement, sans cesser de pointer le pistolet en direction de sa tête. Des cris et des grognements continuaient de retentir. Elle se dirigea vers le troisième véhicule, mais l'homme qu'elle tenait en joue sortit son arme et tira dans sa direction. Par chance, il la rata.

Une tache noire vola au-dessus d'elle et Ben se jeta sur le type, lui déchirant la gorge par la vitre ouverte, mais pas avant de recevoir au moins cinq balles dans le ventre.

— Non ! s'écria Ashley en se précipitant vers lui.

Le loup gris lui barra la route et la poussa en direction de sa voiture. Quand elle tourna les talons pour rejoindre Ben, il lui montra ses dents.

— Zolla ? demanda-t-elle, apeurée bien qu'elle sache qu'il était dans son camp.

Il bondit en avant et lui donna un coup de tête dans les jambes pour la pousser dans l'autre direction.

— Je dois chercher Mélissa, dit-elle.

Elle repartit en direction du troisième véhicule. Elle ouvrit une portière et regarda à l'intérieur. Vide. À moins que sa sœur soit dans le coffre, l'homme avait dit vrai. Elle n'était pas là.

Une plainte de désespoir monta dans sa gorge tandis que ses jambes la portaient en courant jusqu'à sa propre voiture. Qu'était-il arrivé à Mélissa ? Son corps gisait-il quelque part ? Les hommes lui avaient-ils réservé le même sort ?

Elle bondit derrière le volant et recula dans un crissement de pneus. Des sirènes résonnaient au loin, et elle appuya sur l'accélérateur, quittant le parking en trombe avant l'arrivée de la police. Tandis qu'elle s'éloignait, son téléphone sonna dans sa sacoche. Elle le sortit d'une main tremblante et regarda le nom du correspondant.

Mélissa.

* * *

Quand les véhicules de police arrivèrent sur le parking sur les chapeaux de roues, Ben et les deux autres loups disparurent dans l'ombre. Il n'avait reconnu aucun des types et n'était donc pas très avancé quant à l'identité du responsable. Ils n'avaient pas sauvé Mélissa non plus. Et bon sang, Ashley avait failli mourir plusieurs fois. Il n'avait pas réussi à se concentrer pendant le combat, trop désireux de la protéger.

Elle avait sciemment désobéi à ses instructions. Ils auraient une bonne discussion à ce sujet.

Zolla et Mark le suivirent, se glissant dans les ténèbres jusqu'à la voiture de Zolla, où ils se transformèrent. Ils étaient tous couverts de sang, le leur comme celui de leurs ennemis. Il regrettait leurs blessures, et sa priorité devint de veiller à ce qu'ils aillent bien, vu qu'ils avaient agi sous ses ordres.

Zolla ouvrit la portière de sa voiture et en sortit des vêtements. Ben secoua la tête.

— Je vais rentrer en courant. J'ai besoin de prendre l'air. Comment ça va, vous ?

Mark regarda les blessures par balles qui trempaient son torse de sang.

— Ça va, dit-il d'un ton pincé.

— Et toi ? demanda Ben à Zolla.

Le petit loup haletait, affaibli par ses blessures.

— Rien de grave, répondit-il.

— Tu en es sûr ? Tu es en état de conduire ?

— Je m'en charge, intervint Mark d'un ton décisif, car son statut était supérieur à celui de Zolla.

Il se tourna vers Ben et ajouta :

— Tu as reconnu quelqu'un ?

Ben secoua la tête.

— Personne. Des traces de la sœur d'Ashley ?

— Il n'y avait pas d'autre femme qu'Ashley, dit Zolla, catégorique. J'ai reniflé les trois véhicules. Ils ne l'ont pas amenée.

Ben lâcha un juron à voix basse.

— Tu crois qu'elle est morte ? lui demanda Mark.

Il croisa son regard, l'estomac noué pour Ashley.

— On dirait bien.

Comment allait-il donc lui annoncer une chose pareille ? La colère l'envahit.

— Je les tuerai tous jusqu'au dernier, gronda-t-il.

Vu la manière dont les deux hommes le regardaient, il pouvait compter sur eux. Il ressentit une bouffée de gratitude qui l'étrangla presque. Il n'avait pas l'habitude de se reposer sur les autres, ni de s'inquiéter pour eux. Au lieu de se sentir accablé par le poids des responsabilités, il fut frappé par l'honneur de leur allégeance. Il avait besoin d'eux et ils s'offraient librement, s'en remettaient à ses décisions.

Il saisit les deux hommes par la nuque et inclina la tête.

— Merci, mes frères, dit-il d'un ton bourru.

Incapable d'ajouter quoi que ce soit, il les lâcha et s'éclaircit la gorge.

— Les survivants ont mis la main sur l'ordinateur ? demanda Zolla.

— Oui, répondit Ben. Tu arriveras à protéger les données ? J'aurais dû apporter une réplique à la place.

— Non, ça nous permettra de remonter jusqu'à eux. S'ils se servent de tes mots de passe, je serai en mesure de découvrir où ils se trouvent. Si la fille est toujours en vie, on la retrouvera. Et si Jack est coupable, tu le sauras et tu pourras prendre les mesures qui s'imposent.

— Très bien, rentrons pour que tu t'y mettes. Je vous retrouve là-bas. Ashley y est sans doute déjà.

Il reprit sa forme de loup et se mit à courir, savourant la course, le vent dans sa fourrure refroidissant la brûlure de ses instincts meurtriers.

Chapitre Neuf

Ashley tourna à l'angle de Platte et de la 15e rue, l'adresse que lui avait donné sa sœur, et elle se gara, observant les alentours plongés dans la pénombre. Elle vit un mouvement et Mélissa jaillit de derrière un immeuble, suivie par un jeune homme. Ashley ouvrit sa portière et se rua vers sa sœur. Elles se tombèrent dans les bras.

— Seigneur, Mélissa. Dieu merci. Tu vas bien, Dieu merci. Oh, Seigneur.

Des larmes brûlantes lui coulaient sur les joues tandis qu'elle berçait sa sœur, refusant de relâcher son étreinte.

—Viens, lui dit Mélissa. Allons-nous-en.

— Tu vas bien ?

Ashley recula pour l'examiner. Mélissa semblait pâle et fatiguée. Elle avait une ecchymose jaunâtre sur la pommette, et sa lèvre était fendue et gonflée.

— J'irai beaucoup mieux une fois chez toi, répondit Mélissa.

— Qui c'est ? demanda Ashley en tournant son attention vers l'inconnu.

Mélissa la prit par la manche et la tira vers la voiture, visiblement nerveuse.

— Jeremy. Il m'a aidée à m'enfuir. Vite, on s'en va.

Ils montèrent en voiture, et Ashley prit le chemin de chez Zolla.

— Alors, raconte-moi ce qui s'est passé.

Mélissa prit une inspiration, puis ferma les yeux et pencha la tête en arrière.

— Je vais tout te raconter, mais tu peux patienter ? Je veux juste arriver dans un endroit où je pourrai souffler.

Ashley serra la main de sa sœur dans la sienne.

— Je n'arrive pas à croire que tu aies réussi à t'enfuir. J'ai eu très peur de ne jamais te revoir.

Les larmes lui montèrent de nouveau aux yeux.

Mélissa pressa sa main, puis se retourna pour regarder par-dessus son épaule, comme si elle craignait d'être suivie. Jeremy, qui s'était installé sur la banquette arrière, lui posa une main sur l'épaule.

Ashley conduisit le plus vite possible sans attirer l'attention jusque chez Zolla, puis entra par le garage grâce au code que lui avait donné Ben.

— Entrez, cet endroit est sûr. Ben devrait bientôt rentrer.

Elle parlait avec assurance, mais un soupçon de peur lui saisit l'estomac lorsqu'elle repensa aux jappements des loups chaque fois qu'ils avaient été percutés par des balles. Étaient-ils invincibles, ou pouvaient-ils mourir, si on leur tirait dessus au bon endroit ? Non, elle ne pouvait pas l'envisager. Ben reviendrait.

Elle ouvrit la marche jusqu'à l'intérieur de la maison et montra à Mélissa la salle de bains, où elle pourrait se débarbouiller. Elle lui apporta des glaçons pour son ecchymose.

— Tiens, pour ton visage.

Mélissa toucha sa pommette gonflée.

— Je pense que ça ne servira plus à rien, maintenant. Ça date de vendredi.

Ashley souleva son propre tee-shirt pour inspecter l'endroit où la balle avait atteint son gilet ; un énorme bleu était déjà visible, gonflé et sensible sous ses doigts.

Mélissa le regarda avec de grands yeux.

— Qu'est-ce qui a causé ça ?

— Une balle. Mais je portais un gilet par-balles.

— Dieu merci, souffla Mélissa.

Ashley se jeta au cou de sa sœur et la serra un instant dans ses bras.

— Mél... j'ai cru que tu étais morte.

Mélissa l'étreignit avec force.

— Je sais, répondit-elle d'une voix étranglée. C'était horrible. Heureusement que Jeremy était là, sinon je ne serais sans doute plus là.

Ashley embrassa sa sœur sur la joue, puis quitta la pièce pour la laisser se nettoyer. Jeremy se trouvait dans le salon, l'air mal à l'aise.

— Merci d'avoir sauvé ma sœur.

Il promena les yeux aux quatre coins de la pièce, et Ashley se dit qu'il avait un air coupable.

Mélissa réapparut.

— Vous avez faim ? demanda Ashley. Il n'y a pas grand-chose, ici, mais je peux vous préparer un truc.

— Oui, je suis affamée.

Elle se dirigea dans la cuisine, suivie par Mélissa et Jeremy.

— Alors, raconte, dit-elle à sa jumelle.

Elle sortit quelques conserves de poulet d'un placard,

ainsi qu'un bocal de mayonnaise et un mélange d'épices cajun.

— Il doit y avoir des cornichons dans le frigo, ajouta-t-elle à l'intention de Jeremy.

Il ouvrit la porte du réfrigérateur et sortit un bocal.

— Jeudi soir, au travail, j'ai rencontré deux types, commença Mélissa.

Elle jeta un regard à Jeremy, qui eut de nouveau l'air coupable. Mélissa gérait un bar de nuit branché à Colorado Springs.

— Ils m'ont invitée à un after après la fermeture, et j'y suis allée.

Ashley l'écoutait tout en ouvrant les boîtes de conserve, qu'elle versa dans un bol avec la mayonnaise.

— On a fait la fête un moment, et puis...

— Attends, l'interrompit Ashley avant de regarder Jeremy. C'était l'un des deux types ?

— Ouais. À la fin de la fête, Jeff, l'autre mec, m'invite chez lui... avec Jeremy, dit-elle en rougissant.

Ashley s'empourpra également. Elle savait que coucher avec deux hommes en même temps était le plus grand fantasme de sa sœur. Elle baissa la tête pour cacher sa gêne et sortit quelques cornichons du bocal que lui avait donné Jeremy. Elle trouva un couteau et se mit à les couper en morceaux.

— Sauf qu'il nous a conduits dans un entrepôt crasseux, où nous attendait une bande de types armés.

— Une seconde, intervint Ashley en pointant son couteau vers Jeremy. C'est toi qui as kidnappé ma sœur ?

Elle fit un pas en avant, menaçante, tout en le fusillant du regard.

Il leva les mains.

— Je ne savais pas ce qui se passait. Jeff est un ami. Non, un vague pote. Je ne sais pas pourquoi il m'a emmené.

— Sans doute parce que tu es plus doué que lui avec les femmes, grommela Mélissa d'un ton sec.

Un son retentit dans le salon et Ben apparut sous sa forme de loup. Il retroussa les babines avec un grondement féroce en voyant Jeremy.

Mélissa hurla et Jeremy se figea, les yeux révulsés.

Ben grogna et se rapprocha lentement de Jeremy.

Ce dernier se recula jusqu'à heurter le plan de travail, acculé par le loup gigantesque.

— C'est un chien ? demanda Mélissa dans un murmure.

Ashley hésita. Elle avait envie de tout raconter à sa sœur, mais pas devant Jeremy.

— Euh, oui, c'est le chien de mon ami Zolla. Il n'a pas l'air d'aimer Jeremy. Tout doux, le chien.

Ben ne semblait pas décidé à garder ses distances.

— Cet homme a aidé Mélissa à s'enfuir, même si je crois qu'il l'a aussi kidnappée, alors tu devrais peut-être le mordre.

— Quoi ? s'exclama Jeremy, le visage pâle. Ça va pas ? Chasse-le d'ici !

— Viens-là, gros toutou.

Elle se dirigea vers la porte de la cuisine en se tapant la cuisse. Elle doutait que Ben obéisse, mais elle ne savait pas quoi faire d'autre.

— Allez, mon grand. Ton maître est là ? demanda-t-elle d'un air entendu.

Ben la suivit, le regard toujours braqué sur Jeremy, les crocs toujours sortis.

Elle le saisit par la peau du cou pour le faire tourner.

— Sois prudente, s'exclama Mélissa.

— Ne t'en fais pas, répondit Ashley en tirant de toutes ses forces sur le loup. Il ne me fera pas de mal.

Elle avait beau y croire, quand l'énorme bête se retourna subitement, elle fit un bon pour s'ôter de son chemin. Ben jeta un regard sinistre derrière lui avant de se diriger vers la chambre de Zolla.

Au même moment, elle entendit une voiture se garer dans l'allée.

Elle suivit Ben et le regarda reprendre gracieusement forme humaine, son corps criblé d'impacts de balles qui ne saignaient que légèrement, son membre au garde à vous.

— Ben, s'écria-t-elle, envahie par l'émotion.

Elle se jeta dans ses bras. Il semblait surpris, mais il l'étreignit et pressa les lèvres contre ses cheveux.

— Tout va bien ?

Elle hocha la tête contre son torse.

— Et toi ?

— Oui.

Il recula pour l'examiner, une main derrière sa tête, avec une intensité qui l'obligea à se balancer d'un pied sur l'autre sous son regard.

— Ashley, tu m'as désobéi.

Le mot *désobéi* combiné à la brûlure de son regard noir la mit dans tous ses états. La terreur du rendez-vous la submergea à nouveau. Elle sentit une pression monter derrière ses yeux alors que des larmes menaçaient de couler. Elle resta sans voix.

— Nous en reparlerons plus tard, dit Ben d'un ton menaçant.

Elle déglutit. Y aurait-il une fessée ? Son sexe se contracta, même si la peur lui donnait les mains moites.

— Où as-tu retrouvé ta sœur ?

Elle reprit ses esprits.

— Elle m'a appelée après mon départ de la gare routière. Elle dit que Jeremy l'a aidée à s'enfuir. Je n'ai pas encore entendu toute l'histoire.

— D'accord, alors allons-y.

Il se retourna et enfila un jean par-dessus son érection toujours impressionnante.

— Ça t'arrive à chaque fois que tu te transformes ? demanda-t-elle, les yeux fixés sur son sexe.

— Non, marmonna-t-il. Seulement avec toi.

Elle se mordit la lèvre pour cacher son sourire.

Ben enfila un tee-shirt alors que le son de la porte d'entrée qui s'ouvrait leur parvenait.

— Viens, dit-il.

Il mena Ashley dans la cuisine, où ils trouvèrent Zolla, qui pointait un pistolet sur Jeremy. Visiblement, il avait les mêmes instincts que son ami.

Jeremy leva les mains en l'air.

— Ouah, du calme, mec. On est avec Ashley.

Zolla indiqua Mélissa avec le canon de son arme.

— *Elle,* elle est avec Ashley. Et toi, t'es qui ?

— Tu es Ben Stone ? demanda Mélissa à Zolla.

— Non, c'est moi, intervint Ben en allant se placer devant Jeremy. Et toi, t'es qui ?

* * *

Le visage de la sœur d'Ashley se froissa et elle se mit à pleurer. Il regretta son manque de délicatesse. Le voyou, Jeremy, la serra contre son flanc, et Ben se détendit quelque peu. Ces deux-là avaient de toute évidence forgé un lien sincère, quoi qui leur soit arrivé.

— Tout va bien, Mélissa, dit-il. Et si tu allais t'asseoir un peu dans le salon pour nous raconter ton histoire ?

— J'apporte la nourriture, annonça Ashley en se frayant un chemin vers le plan de travail.

— Oui, d'accord, répondit Mélissa.

Le petit groupe se rendit dans le salon, et Mélissa leur raconta qu'elle avait été emmenée par Jeremy et son ami, puis livrée à d'autres voyous. Apparemment, Jeremy n'était au courant de rien, et quand il avait réalisé ce qui se passait et avait tenté de sauver Mélissa, il était devenu prisonnier à son tour. Ils avaient passé trois nuits dans une vieille grange entre Denver et Colorado Springs. D'après Jeremy, son ami avait reçu l'ordre de le tuer dans l'après-midi, mais avait choisi de le libérer. Jeremy avait fait demi-tour pour sauver Mélissa avant que ses ravisseurs l'emmènent au rendez-vous. Ils avaient fait du stop jusqu'en ville.

Zolla et Ben les interrogèrent pendant plus d'une heure, jusqu'à ce qu'Ashley lui pose une main sur l'épaule.

— Ben, s'il te plaît. Je pense qu'ils t'ont dit tout ce qu'ils savaient. Mélissa a sûrement besoin d'une douche chaude et d'un lit confortable.

— Ils peuvent rester ici, si tu penses qu'il est fiable, dit Zolla à Ben en montrant Jeremy du menton.

Ben jeta un regard noir à Jeremy, mais finit par hausser les épaules.

— Il a fini par bien agir, j'imagine.

— Mon canapé se déplie, et vous deux, vous pouvez prendre mon lit. Moi, je peux dormir par terre.

Ben savait qu'Ashley avait sans doute envie de rester avec sa sœur, mais il avait eu tellement peur de la perdre qu'il avait besoin de la serrer dans ses bras.

— Ashley et moi, on va se trouver une chambre dans le coin. Mélissa et Jeremy n'auront qu'à dormir sur le canapé le temps que je règle la situation et qu'Ashley et sa sœur soient assez en sécurité pour rentrer chez elles.

Ashley se leva sans broncher.

Zolla haussa les épaules.

— Bien sûr. Ma maison est à votre disposition le temps qu'il faudra.

— Merci, dit Ben.

Il ne comprenait pas pourquoi l'oméga était aussi décidé à l'aider, mais il n'était pas en mesure de refuser. Toute aide lui serait précieuse.

* * *

Ben était assis au bord du lit de leur chambre d'hôtel, les coudes en appui sur les genoux et la tête dans les mains. Il avait ôté sa ceinture et l'avait posée à côté de lui, mais il n'était pas sûr d'être capable de punir Ashley, en fin de compte. Elle était humaine, après tout. Sa culture à elle ne réglait pas les problèmes de manière physique. Enfin, s'il devenait son compagnon...

Mais c'était impossible, n'est-ce pas ?

Et elle avait beau aimer qu'il la domine un peu, cela ne voulait pas forcément dire qu'elle accepterait une fessée en bonne et due forme. Même Ben n'était pas sûr de pouvoir le supporter. Imaginer lui faire du mal lui retournait l'estomac. Comment les loups mâles faisaient-ils pour discipliner leurs compagnes ? Les protéger n'était-il pas leur rôle ?

Sauf que c'était précisément pour cette raison, parce

que sa désobéissance l'avait empêché de la protéger, qu'il devait s'assurer de lui donner une leçon.

Elle sortit de la salle de bains et s'arrêta, les yeux braqués sur lui.

— À quoi tu penses ?

Il soupira.

— Il faut qu'on ait une petite discussion, toi et moi.

Elle souffla lentement. Manifestement, elle s'y était attendue. Elle resta où elle était et le regarda avec méfiance.

— Je t'avais clairement demandé de regagner ta voiture aussitôt et de t'en aller. Est-ce que tu m'as obéi ?

— Je...

Elle s'interrompit, comme si elle réalisait que se défendre était inutile.

— Non Monsieur, dit-elle d'une petite voix.

Le fait qu'elle l'appelle *Monsieur* l'encouragea à poursuivre. Cela signifiait qu'elle acceptait son autorité.

— Comme tu étais en danger, ma seule obsession était de te protéger. Ça m'a fait perdre ma concentration, et ils ont pu s'enfuir avec l'ordinateur.

Elle retint son souffle.

— Je suis désolée.

Elle jeta un regard à sa ceinture.

— Tu vas t'en servir sur moi ?

— Je n'ai pas encore pris ma décision. Qu'est-ce que je devrais faire, selon toi ?

Il voulait qu'elle se montre déférente.

Elle haussa les épaules.

— C'est toi le patron, murmura-t-elle.

Il voyait cela comme un assentiment. Elle ne lui demanderait pas ouvertement de la fesser. Ben était un alpha : c'était son devoir de prendre les choses en main.

— Déshabille-toi, dit-il avec un soupçon d'autorité dans la voix.

Elle rougit, mais obéit presque immédiatement. Elle ouvrit la fermeture de sa jupe froissée et la laissa tomber à ses pieds. Elle passa son tee-shirt au-dessus de sa tête, puis dégrafa son soutien-gorge, libérant ses seins. Ils étaient parfaitement formés, ronds et hauts, pâles avec des tétons couleur pêche qui formaient deux pointes. Un vilain bleu couvrait son sternum, là où une balle avait frappé son gilet. Il se tendit en le voyant, tout son corps prêt à se transformer pour la protéger. Mais cette marque soulignait la nécessité d'avoir cette discussion.

Le jean de Ben devint trop serré à l'entrejambe. Il garda un visage impassible.

Il s'éclaircit la gorge et dit :

— Ta culotte aussi.

Elle glissa les pouces sous l'élastique et la fit glisser le long de ses cuisses, penchée en avant.

Quand elle se redressa, complètement nue, il ravala un grondement.

Elle se passa les mains sur les cuisses, de bas en haut, et soudain, comme si elle prenait conscience de ce qu'elle faisait, elle agita ses doigts tremblants.

— Viens là, lui dit-il.

Elle fit quelques pas vers lui, mais s'arrêta hors de sa portée. Il percevait l'odeur métallique de sa peur mêlée à celle, plus enivrante, de son excitation.

— Ashley, dit-il avec une note d'avertissement dans la voix. Viens ici.

Elle déglutit, mais ne fit pas un geste, posant de nouveau les yeux sur sa ceinture.

— Je sais que tu as peur. Tu me fais confiance pour te punir ?

Elle croisa son regard, et ses yeux bleus sondèrent les siens. Il savait qu'elle n'avait aucune raison de se fier à lui, mais il retint son souffle en attendant sa réponse.

Elle se lécha les lèvres et hocha la tête, avant de refermer la distance qui les séparait.

Sa chaleur envahit tout le corps de Ben. Il écarta les genoux, la prit par les hanches et la fit approcher. Elle entrouvrit les lèvres alors que son sternum se soulevait et retombait en rythme.

L'hésitation déchirait la poitrine de Ben. Elle était sous sa protection. Et si elle se mettait à pleurer ? Parviendrait-il à continuer ? Il en doutait. Il serra les dents. Mieux valait affronter la situation sans tarder, pour en finir. Il allongea Ashley sur l'un de ses genoux et plaça son autre jambe sur elle pour l'empêcher de se débattre. Il leva la main et l'abattit sur une fesse, puis l'autre. Elle haleta, mais ne protesta pas. Il la fessait assez fort pour marquer sa peau laiteuse de son empreinte. Elle se soumettait aussi facile-ment que si elle s'était pleinement donnée à lui. Elle s'en remettait à lui avec une confiance qu'il ne méritait pas.

Il continua de la punir, frappant ses fesses jusqu'à ce qu'elles soient bien roses.

Elle commençait à se tortiller en poussant de petits cris à chaque impact, mais elle ne cherchait toujours pas à lui résister. Sous les coups de Ben, sa chair rebondissait, s'apla-tissait avant de reprendre forme. Son sexe luisait, couvert de rosée. Il avait envie d'interrompre sa fessée pour glisser le pouce le long de sa fente. Il voulait la satisfaire avec ses doigts et sa langue.

Mais non. La punition d'abord. En plus, le corps d'Ashley avait beau réagir, après sa fessée, elle ne serait plus forcément d'humeur.

Il s'arrêta et passa la main sur ses fesses échauffées. Il ne s'était pas attendu à ce qu'elle encaisse ses coups avec autant de docilité. Il la souleva et se mit debout avec elle, leurs corps collés l'un à l'autre.

Elle posa les mains sur son torse.

Pas encore.

— Va au coin.

Elle leva les yeux vers les siens. Manifestement, elle avait cru que la punition était terminée.

— Je tiens à ce que tu retiennes cette leçon, bébé. Obéis-moi.

Il lui tourna le menton vers le coin de la pièce.

— Bien, Monsieur, dit-elle en rougissant, les yeux baissés.

Alors qu'il la regardait aller au coin, la preuve de sa domination rouge contre sa peau pâle, il ressentit une vive émotion. De l'amour, peut-être. La fierté qu'elle se soit soumise à lui, le désir de la protéger et de prendre soin d'elle, et oui, le besoin de la revendiquer, mais cela ne prenait plus le pas sur tout le reste.

Elle se plaça face au mur, comme il le lui avait ordonné, ses jolies fesses teintées de rouge, sa tête baissée, l'intérieur de ses cuisses trempé. Il ne la laissa ainsi que deux minutes avant de la rappeler.

— Viens.

Elle se tourna vers lui d'un air encore plus vulnérable qu'avant, et son cœur se gonfla de nouveau du besoin de la protéger. Elle l'approcha.

— Penche-toi, Ash, dit-il en lui indiquant le lit.

Elle le regarda brièvement, les sourcils froncés. Il patienta. Enfin, elle coucha le buste sur le lit.

— Gentille fille.

Il fit tourner le bout de sa ceinture avec la boucle autour de sa main jusqu'à ce qu'il ne reste qu'une cinquantaine de centimètres de longueur. Il lui saisit les poignets et les coinça dans le creux de ses reins.

— J'exige ton obéissance constante, Ashley.

Il abattit sa ceinture. Le souffle de l'air retentit un instant avant que le cuir frappe sa peau nue.

Elle poussa un petit cri aigu.

Il s'interrompit, tentant de déterminer s'il avait frappé trop fort ou pas assez.

— Je suis désolée, Ben, glapit-elle.

— Je te remercie pour tes excuses.

Il frappa une deuxième, puis une troisième fois. Elle poussa une exclamation à chaque fois, mais ne protesta pas. Il la fouetta d'un geste lent et décidé, alternant les claquements et les silences ponctués par les petits cris d'Ashley qui devinrent plus forts à chaque coup. Elle enfouit le visage dans les draps.

Il lui donna cinq coups supplémentaires, puis laissa tomber sa ceinture et lui lâcha les poignets.

Quand elle bondit sur ses pieds, il s'attendit à ce qu'elle prenne ses jambes à son cou, mais au lieu de cela, elle se mit à danser d'un pied sur l'autre en se frottant les fesses, une grimace de douleur au visage.

C'était tellement mignon qu'il dut ravaler son sourire. Quand elle vit son amusement, elle se jeta sur lui, ses bras autour de sa nuque, ses lèvres plaquées aux siennes.

Il la rattrapa, surpris, et la serra contre lui, palpant la chair brûlante de ses fesses. Il lui rendit son baiser et envahit sa bouche avec sa langue. L'animal en lui s'éveilla dans un rugissement, et son érection grandit. La raison fuyait son esprit.

Elle s'empara du col de son tee-shirt et commença à le lever par-dessus sa tête.

— Qu'est-ce que tu fais ? demanda-t-il d'une voix rauque, tentant de reprendre ses esprits.

Elle recula, l'air renfrogné.

— Tu n'as pas intérêt à me repousser, Ben Stone. Pas après tout ce qui s'est passé.

Les larmes qui n'avaient pas coulé pendant sa fessée lui montèrent aux yeux, et Ben sentit son cœur se serrer.

Elle avait raison, bien sûr. Comment pouvait-il lui refuser l'intimité dont elle avait besoin alors qu'elle venait de se donner corps et âme à lui ?

— Ashley, murmura-t-il, déjà douloureusement proche de la marquer. Ashley…

Il cherchait les mots afin de lui expliquer pourquoi il ne pouvait pas lui accorder ce qu'elle voulait, mais son corps n'était pas de cet avis. Il l'avait déjà étreinte, sa silhouette douce et nue fondue contre la sienne.

Elle glissa les jambes autour de sa taille, son sexe chaud contre son ventre. Il marcha jusqu'au lit et l'allongea sur le dos. Il suçota la chair de son cou et de son sein gauche.

— Baise-moi, Ben, l'implora-t-elle d'un ton guttural.

— Je ne peux pas, parvint-il à répondre d'une voix éraillée.

Il descendit entre ses cuisses, lui écarta les genoux et plongea sa langue en elle.

Le goût de son excitation lui fit l'effet d'un coup de tonnerre, d'un éclair qui traversait tout son corps et lui hurlait de la revendiquer.

Marque-la. Marque-la tout de suite.

Elle glissa les doigts dans ses cheveux, le tirant brutalement vers elle tandis qu'elle faisait onduler ses hanches, frottant son sexe à sa langue.

Elle lui tira les cheveux.

— Pourquoi est-ce que tu refuses de me baiser ?

— Je ne veux pas te faire de mal, Ash.

Il plongea deux doigts en elle pour la distraire. Les parois de son vagin se contractèrent aussitôt. Il la pénétra plus profondément, à la recherche de son point sensible. Quand il le trouva, il plia les doigts pour le stimuler et sentit la zone s'épaissir.

— Je sais que tu es bien monté, mais je suis sûre que j'arriverai à m'étirer, haleta-t-elle.

Il étouffa un rire.

— Tu me trouves bien monté ? Non, ne réponds pas. Ce n'est pas ce que je voulais dire. Tu vois... les loups sont brutaux, très brutaux.

Elle gémit langoureusement, et il ferma les yeux. L'odeur d'Ashley envahissait ses narines, s'emparait de tous ses sens. Il fallait qu'il s'éclaircisse les idées, sinon il risquait de perdre les pédales et de la marquer.

Mais Ashley faisait onduler son pelvis, les seins pointés vers le plafond. Sa soumission à sa punition et à son plaisir la rendait *sienne*. Le besoin qu'il avait de la combler et de la protéger, de la choyer, de la satisfaire en tous points monta si férocement en lui qu'il en était presque aveuglé.

Une chaleur monta dans son corps, pas la chaleur de sa transformation, autre chose. Une sensation plus profonde et émotionnelle. De toute sa vie, il n'avait jamais fait passer les besoins de quelqu'un d'autre avant les siens.

Son père avait été un parangon d'égoïsme, et Ben avait suivi ses traces. Léon avait pris le chemin opposé, prenant soin de ses centaines d'employés, de sa meute et de sa famille sans se plaindre. À présent que Ben regardait sa femelle rougir de plaisir, sa bouche sensuelle ouverte dans un gémissement, il comprit qu'il était prêt à tout pour elle, même s'il n'y trouvait pas de satisfaction personnelle. Lui donner du plaisir était devenu plus important que d'en recevoir.

Il fit le tour de son clitoris avec le pouce tout en la pénétrant doucement avec deux, puis trois doigts.

— Retourne-toi, lui ordonna-t-il.

Elle roula sur le ventre et lui jeta un regard par-dessus son épaule, les yeux brillants. Il retrouva sa fente et y plongea deux doigts, son pouce contre son entrée de derrière. Elle poussa un cri, et les muscles de son sexe se contractèrent.

Il enduisit son pouce de son lubrifiant naturel et traça des cercles autour de son anus, massant ses muscles tremblants sans cesser d'aller et venir avec ses doigts.

— S'il te plaît, gémit-elle en se frottant au lit.

Il poussa avec plus d'insistance contre son anus.

— Ouvre-toi à moi, lui ordonna-t-il.

Elle se détendit, et son pouce la pénétra, une phalange après l'autre.

Elle poussa un cri et se tendit comme un arc. Il poursuivit ses va-et-vient, devant et derrière. Lorsqu'elle se mit à se tortiller contre lui, ses gestes devinrent plus brusques, mais par miracle, il parvint à faire abstraction des réactions de son propre corps.

Il glissa sa main libre sous le bassin d'Ashley et lui caressa le clitoris. Elle jouit, cambrée, et ses muscles se contractèrent en rythme sur les doigts de Ben. Il gémit, son érection pulsant douloureusement. Il continua d'aller et venir en Ashley avec ses doigts jusqu'à ce qu'elle se détende et devienne toute molle sous son corps.

— Oh, ouah, souffla-t-elle.

Il ôta ses doigts et essaya de ne pas penser à son envie presque irrépressible de la prendre sauvagement.

Elle roula sur le dos et le regarda, un sourire comblé aux lèvres.

— Pourquoi tu fais ça ?

— Quoi ?

Elle rougit.

— Tu sais. Mettre ton pouce là.

Sa gêne le fit sourire.

— Parce que j'aime te faire perdre la tête.

Elle rougit de plus belle.

Penché sur elle, il mordilla l'un de ses tétons.

— Ma petite, si tu m'obliges encore une fois à te punir en te mettant en danger, ce n'est pas mon pouce que je mettrai là. Je te baiserai par-derrière avec ma grosse queue jusqu'à ce que tu voies des étoiles.

— Oh, la vache, s'exclama-t-elle en plaquant la main entre ses jambes tandis que son bassin se projetait en avant sous le coup d'un nouvel orgasme.

* * *

Ashley se réveilla avec l'érection considérable de Ben toujours pressée dans son dos, comme lorsqu'ils s'étaient couchés dans la nuit. Il était habillé là où elle était complètement nue, ce qui semblait être une métaphore pour leur relation.

Elle serra les fesses, tentant de voir si elle avait toujours mal. Pas du tout. Pourquoi était-elle déçue ? Elle se remémora la punition de Ben avec un frisson de plaisir. Aussi étrange que cela puisse paraître, elle adorait qu'il se montre sévère avec elle et qu'il lui inflige des châtiments corporels. Il était l'incarnation de tous ses fantasmes.

Mélissa lui avait toujours fait remarquer qu'elle aimait les figures d'autorité. Quand elle était adolescente, Ashley craquait sur ses professeurs et ses entraîneurs, et cela avait continué à l'université. Pas étonnant qu'elle se soit mise à baver sur son patron sexy dès qu'elle l'avait vu. Et il était tellement plus qu'un patron sexy. Ben était un loup alpha, sévère, dominateur et canon. Et il l'avait bien punie.

Elle savait qu'elle aurait dû être alarmée à l'idée qu'il lui ait donné des coups de ceinture – pas pour lui donner du plaisir, mais réellement pour la corriger –, sauf qu'elle avait adoré ça. Enfin, sur le coup, elle n'avait pas beaucoup aimé la douleur, mais l'acte lui avait plu, ainsi que la menace d'une autre punition planant au-dessus de sa tête. En plus, elle était convaincue qu'il aurait tout arrêté si elle lui avait dit non. Il avait cherché à obtenir son consentement. Et avant de passer à l'acte, il avait semblé triste ou troublé. Il n'avait pas explosé de colère. L'on aurait plutôt dit qu'il affrontait une tâche difficile, mais nécessaire. Il ferait un bon meneur, s'il décidait un jour de devenir l'alpha de sa meute.

D'après ce qu'elle avait compris, les autres loups étaient déçus qu'il refuse de prendre leur tête. Ils voulaient le suivre, et elle les comprenait. Il était puissant, avait de la présence et de l'esprit. Si seulement il croyait en ses capacités de meneur...

Elle roula sur le ventre, et il suivit le mouvement pour la garder serrée contre son torse musclé. Elle lui était toujours redevable. Elle s'était endormie alors qu'il devait être douloureusement en manque.

Elle se glissa hors du lit pour aller dans la salle de bains, et elle revint avec un préservatif. Elle n'avait jamais d'histoires sans lendemain, mais le dernier petit ami de Mélissa avait glissé des capotes dans son sac pour lui faire une blague, il y avait longtemps, et elle ne s'en était jamais débarrassée. À présent, elle était bien contente d'en avoir sous la main. Elle s'assit à côté de Ben et lui caressa le bras, émerveillée par ses muscles sculptés. Elle passa la main le long de son flanc, avant de poursuivre sous son tee-shirt, sentant la chaleur de sa peau dorée.

Il remua et la serra de nouveau contre lui sans ouvrir les paupières. Comme si sa place était là. Elle échappa à ses bras et s'assit à califourchon sur lui avant d'ouvrir sa braguette. Il ne portait ni boxer ni slip. Avec toutes ses transformations, il ne voyait sans doute pas l'intérêt. Porter des sous-vêtements ne réduisait-il pas le nombre de spermatozoïdes des hommes, d'ailleurs ? Comme si Ben Stone avait besoin d'être encore plus viril ! Quoi qu'il en soit, cela aida Ashley à libérer son sexe, qui jaillit, d'une taille impressionnante.

Elle en saisit la base et la serra. Il gémit, bougea et marmonna quelque chose. Elle se pencha pour le goûter. Dès qu'elle posa les lèvres sur son gland, il ouvrit brusquement les paupières. Son érection sembla également doubler de volume, ce qu'elle n'aurait pas cru possible. Elle lécha son frein, puis traça le contour de son gland, et Ben l'observa d'un air stupéfait. Une goutte de liquide pré-séminal émergea, et elle le lapa, avant de se lécher les lèvres sans cesser de soutenir le regard de Ben.

Il fut parcouru d'un frémissement. Satisfaite, elle referma les lèvres sur son érection et s'enfonça sur lui. Elle avait l'impression d'avoir la mâchoire trop petite, mais elle fit de son mieux pour le prendre profondément dans sa gorge en se concentrant pour ne pas avoir de haut-le-cœur.

Il émit un son proche de la douleur.

Elle recommença.

Le visage tordu, il ne la quitta jamais des yeux.

— Ashley... gémit-il.

— Mmm mmm.

Elle garda la bouche sur son érection et fredonna sa réponse, consciente que la vibration le rendrait fou.

Comme la première fois qu'elle l'avait sucé, il s'agrippa à la tête de lit comme s'il craignait de la toucher.

— Pourquoi tu fais ça ? demanda-t-il d'une voix rauque.

Avec un sourire, elle libéra son membre.

— Je veux te faire du bien, ronronna-t-elle.

Elle promena la langue sur ses bourses, puis le long de son sexe jusqu'au frein, qu'elle lécha à nouveau.

— Ooh, grogna-t-il.

— Alors ? s'enquit-elle.

— Quoi ?

— Ça fait du bien ?

— Non ! Si, oh, mon Dieu. Aaaah... C'est trop. C'est trop bon, putain.

Encouragée, elle le prit de nouveau profondément dans sa gorge.

— Noooon.

Il semblait de nouveau souffrir.

— Non ? demanda-t-elle innocemment en se relevant.

Elle déchira l'emballage du préservatif et le déroula sur son érection avant qu'il puisse lui demander ce qu'elle faisait.

Elle comprenait qu'il ait peur d'être trop brusque avec elle, mais elle voulait se donner à lui. Et elle avait beau n'avoir jamais connu d'amant sauvage, cette perspective lui semblait délicieuse. Elle le chevaucha.

— Non, non, non, non, dit-il en la soulevant, le bassin en suspens.

— Ben, dit-elle de sa voix la plus langoureuse. Je veux te sentir en moi. Tout de suite.

Le membre de Ben, long, épais et palpitant, était dressé vers elle, à quelques centimètres de son vagin.

Une goutte de son excitation tomba dessus, et Ben inspira brusquement. Ses yeux verts passèrent à l'ambre, une fois, deux fois, avant de rester jaunes, et un grondement inhumain surgit de sa gorge. Il l'abattit sur lui, l'empalant de son membre. Elle avait beau être prête pour lui, sa circonférence l'étira et fit monter des larmes de douleurs dans ses yeux.

Elle poussa un cri, luttant pour s'habituer à cette invasion soudaine, mais il avait déjà commencé à la faire onduler sur lui. Son clitoris frottait contre son bas-ventre, envoyant des décharges de plaisir dans ses cuisses qui la poussèrent à tendre les pointes de pieds. Elle mouilla de plus belle et fut en mesure de l'accueillir plus profondément.

Elle gémit, cambrée sous ses mains. Les doigts de Ben se refermèrent sur ses hanches. Il émit un nouveau grondement et lui donna des coups de reins plus rapides et plus forts. Elle se donna à lui, consciente que résister lui causerait des douleurs. Elle détendit les muscles, comme si elle avait déjà joui, permettant à Ben de la faire bouger comme une poupée de chiffon.

La lèvre retroussée, il grogna, les doigts plantés dans la chair de ses fesses tandis qu'il levait le bassin en projetant Ashley contre lui.

Elle cria, les yeux brûlés par de nouvelles larmes, bien que son plaisir prenne largement le pas sur sa douleur.

D'un seul geste, il la souleva, la retourna sur le ventre et se plaça sur elle à califourchon. Un nouveau grondement retentit. Il la saisit par les cheveux et lui tira la tête en arrière pour qu'elle se cambre, puis il la pénétra profondément. Elle se sentait comme vierge, étirée au maximum, choquée par la douleur et le plaisir qu'elle ressentait.

Ben enchaînait les coups de reins avec un empressement et une violence qui abasourdirent Ashley. Pourtant, c'était ce que son corps voulait. Elle en demandait encore, et sa voix s'éleva dans un cri continu.

Elle sentait le souffle chaud de Ben contre son oreille, son envie de jouir évidente dans la façon dont il arrachait le drap, dont il tirait sur l'alèse dans son effort pour s'enfoncer en elle.

Il poussa un rugissement, et son sperme était tellement brûlant qu'elle le sentit même à travers le préservatif.

Puis une douleur cinglante lui traversa l'épaule et l'aveugla.

* * *

Ce fut l'odeur salée de ses larmes qui le poussa à reprendre totalement forme humaine. Il avait son sang dans la bouche, et son cri résonnait à ses oreilles. Il ouvrit les mâchoires et recula, horrifié.

Le sang d'Ashley ruisselait dans son dos et trempait le lit.

Il poussa un cri horrifié, et sa voix se mêla aux sanglots d'Ashley. *Oh non.* Son cœur se mit à battre dans un rythme désordonné, ses paumes devinrent froides et moites.

— Ashley ? demanda-t-il d'une voix éraillée.

Elle s'était roulée en boule en haut du lit, les yeux écarquillés de terreur. Il tendit la main vers elle, et elle sursauta.

— Ne me touche pas, s'exclama-t-elle.

Ses lèvres tremblaient, des larmes roulaient sur ses joues, allant se mêler au sang sur sa clavicule.

Oh, Seigneur. Qu'avait-il fait ?

Il se recula d'un pas vacillant, les membres glacés.

— Ashley...

Elle baissa la tête et leva la main comme pour le tenir à l'écart.

Des larmes brûlantes montèrent aux yeux de Ben.

— Je t'en prie, murmura-t-il, sans même savoir ce qu'il lui demandait.

Ne me déteste pas. Dis-moi que tu n'es pas grièvement blessée.

— Arrête, s'écria-t-elle en se collant au mur, comme si elle cherchait à le traverser pour échapper à Ben.

— D'accord, dit-il en s'éloignant tandis qu'une larme roulait sur sa joue. Je ne te toucherai pas. Je ne te ferai plus jamais de mal.

Il tourna les talons et se mit à courir, ouvrant la porte à la volée et se transformant sans même ôter ses vêtements, qui se déchirèrent et tombèrent derrière lui.

Il prit de grandes goulées d'air frais et matinal, sans prêter attention aux quelques joggers qui semblaient terrifiés de voir ce loup énorme passer devant eux. Il courut vite et fort, sans destination en tête. Il suivit le lit d'un ruisseau et traversa plusieurs parcs, tuant une oie rien que pour le plaisir. Quand il se retrouva devant la porte de derrière de Zolla, il réalisa qu'un instinct supérieur avait dû prendre le contrôle, et il entra par la chatière géante. Il passa à toute vitesse devant Mélissa et Jeremy, couchés sur le canapé dépliant. Zolla ouvrit la porte de sa chambre, l'ayant sans doute entendu ou senti arriver.

Il ne semblait pas surpris de le voir, comme s'il avait attendu son arrivée.

— C'est Jack, annonça-t-il à l'instant où Ben reprit forme humaine.

Zolla lui montra son écran d'ordinateur, sur lequel apparaissait une adresse IP.

— Tous les serveurs de Stone Tech ont planté il y a un quart d'heure. Les branches internationales aussi sont affectées. Je ne sais pas ce qu'il mijote, mais j'ai la preuve que l'ordinateur qui s'est connecté avec ton mot de passe il y a une demi-heure appartient à Jack Laden. Tiens, c'est son adresse.

Ben lui arracha le papier des mains et mémorisa l'adresse.

— C'est du sang que tu as sur le visage ? lui demanda Zolla en humant l'air.

Ben tenta d'inspirer, sans succès.

— Ouais, parvint-il à dire.

Conscient que la sœur d'Ashley se trouvait dans la pièce voisine et qu'elle le détesterait également pour ce qu'il avait fait amplifia sa honte.

— Je l'ai marquée. C'est grave. Très grave. Il faut que tu ailles la voir.

Il fallait vraiment qu'il soit désespéré pour envoyer un autre homme prendre soin de sa compagne.

Zolla resta un instant bouche bée, mais heureusement, il ne fit pas de commentaire.

— Où ça ? demanda-t-il simplement.

Ben lui communiqua le nom du motel ainsi que le numéro de chambre.

— Tu peux y aller tout de suite ?

— Bien sûr. Et toi, tu vas où ?

— M'occuper de Jack.

— Tu ne devrais pas t'y rendre seul. Appelle Mark ou attends-moi.

Ben secoua la tête.

— Non, je peux m'en occuper. Contente-toi de t'assurer qu'Ashley...

Il déglutit.

— Va la voir, c'est tout. Maintenant.

Zolla mit une casquette à la gloire des Colorado Rockies et répondit :

— J'y vais.

Ben reprit sa forme de loup et suivit Zolla dehors, avant de se ruer vers l'endroit où il avait caché sa voiture vendredi soir. Il pressa le bouton caché qui ouvrait son coffre et fouilla dans son sac de sport pour en sortir un pantalon, une chemise et des chaussures. Grâce à son double de clé, il démarra et se rendit à l'adresse de Jack, une résidence au pied des Rocheuses. Il avait l'esprit vide. Ou plutôt, il était obnubilé par une idée fixe : éliminer Jack. Après lui avoir réglé son compte, il rouvrirait la boîte où il avait caché son angoisse concernant Ashley.

Il se gara devant une maison ostentatoire avec une allée pavée et une fontaine gigantesque. Il sortit et monta sur le trottoir à grands pas. Il tenta d'abord d'ouvrir la porte, et lorsqu'il la trouva fermée à clé, il cogna contre le panneau de bois avec son épaule. La porte ploya face à sa force de métamorphe. Il y donna un deuxième coup, puis un troisième, arrachant les gonds.

La porte s'ouvrit d'un seul coup, et il se retrouva nez à nez avec Jack, qui pointait un revolver sur lui.

Ben écarta les mains.

— Qu'est-ce que tu comptes faire, Jack ? lui demanda-t-il, en entrant puis en refermant la porte cassée derrière lui.

Les narines de Jack se dilatèrent, et ses petits yeux regardèrent au-delà de Ben, vers la porte.

— Tu as placé une bombe dans mon ordinateur, mais tu

ne l'as pas encore déclenchée. Tu as enlevé la sœur d'Ashley. Tu viens de faire planter tous nos serveurs. Tu essayes de faire baisser le cours de nos actions pour les racheter et m'éjecter de l'entreprise ? Tu crois que Shayla te laisserait faire ça ?

Jack avait pâli, et le muscle sous son œil droit tressautait comme à chaque fois qu'il affrontait Ben. La main qui tenait le revolver trembla légèrement, mais son expression n'était que pur mépris.

Ben avança lentement.

— Le FBI est au courant pour le kidnapping et la bombe.

Il ne bluffait qu'à moitié. Mark savait tout, et quand les autorités auraient vent de l'affaire, il veillerait à ce que les réels responsables soient poursuivis tout en effaçant tout ce qui mentionnerait des loups.

— Ils ont déjà tracé le plantage du serveur jusqu'à ton adresse IP.

Jack tira, le touchant en plein ventre.

Ben fit de son mieux pour ne pas broncher malgré la brûlure, et il lâcha un rire dénué d'humour, la lèvre supérieure retroussée. Il avança d'un pas tranquille comme si la balle ne lui faisait ni chaud ni froid.

— Avec qui tu travailles ? Le cartel de Sandoval ?

Jack resta coi, et ses yeux se posèrent sur la plaie sanglante de Ben, puis sur son visage. Son air méprisant s'envola, remplacé par la confusion.

— Je ne sais pas de qui tu parles.

Il tira à nouveau, frappant Ben au sternum, cette fois.

Ce dernier en eut le souffle coupé, mais il ne recula pas.

— Avec qui, alors ?

La main de Jack se mit à trembler violemment lorsqu'il

comprit que Ben ne serait pas aussi facile à éliminer que prévu.

— Qu'est-ce que tu es ?

Ben sourit.

— On ne peut pas me tuer, Jack, mentit-il. Ça contrecarre tes plans, hein ?

Jack jeta un bref regard autour de la pièce, puis commença à faire quelques pas en arrière.

— Ton idée était futée, je l'admets, reprit Ben.

Il espérait le pousser à parler. Il voulait savoir qui d'autre était impliqué, et quelles étaient les motivations exactes de Jack.

— C'était assez recherché. Ça n'aurait pas été plus simple de me tirer dessus dès le départ ?

Jack posa de nouveau les yeux sur ses plaies.

— Si, répondit-il, mais je voulais que les serveurs plantent sous ta supervision.

— Tu voulais que le conseil me vire ?

Jack eut une grimace amère et cracha :

— Je voulais qu'il ne reste plus rien de Stone Technologies pour que les stock-options que j'aurais reçues en bossant chez Suma Games me rendent riche.

— Tu es déjà riche, grommela Ben.

Il secoua la tête. À quoi bon argumenter avec un cinglé ?

Une goutte de sueur roula sur le visage de Jack, mais il eut un rictus et répondit :

— C'est la moindre des choses. C'est moi qui ai inventé la NE3, pas Léon.

Agacé pour son frère, Ben se rua vers l'avant.

Jack tira encore, cette fois, il toucha les côtes de Ben, bien en dessous de son cœur. L'impact le projeta légèrement en arrière, mais toujours impassible, il arracha l'arme des mains de Jack. Puis il lui asséna un coup de crosse sur la tête.

Jack s'effondra sur la moquette en grognant.

Ben lui donna un coup de pied dans les côtes.

— Au fait, Jack, t'es viré.

Il braqua le revolver sur la tête de cette sale fouine et tira.

***

Ashley avait le tournis, comme si elle avait descendu trois margaritas le ventre vide. L'étourdissement lui paraissait différent de la faiblesse ressentie après avoir perdu du sang. Il était accompagné d'une sensation étourdissante, mais aussi agréable. Elle avait réussi à s'habiller et à presser une serviette contre les plaies, mais le sang trempait déjà son tee-shirt ainsi que la serviette, et cette scène lui donnait la nausée. Ses émotions étaient sens dessus dessous. Elle n'arrêtait pas de pleurer. Pas à cause de la douleur, bien qu'elle soit insupportable, mais à cause de sa honte et d'un sentiment de trahison. Pourquoi l'avait-il mordue ? Elle lui avait fait confiance, s'était offerte à lui, et il était devenu sauvage. L'avait-elle mis en colère ? Lui arracher un bout d'épaule, ce n'était sûrement pas à ça qu'il faisait référence, quand il avait dit que les loups étaient très brusques pendant l'amour. Ou bien s'agissait-il de la fameuse « marque » dont elle l'avait entendu parler ? Était-ce pour ça qu'il avait craint de coucher avec elle ?

Peut-être, mais dans ce cas, pourquoi l'avait-il aussitôt abandonnée ? Il était sorti à toute vitesse, la laissant nue, roulée en boule et en sang. Il n'était pas revenu. Elle avait beau se jurer qu'elle ne le lui pardonnerait jamais, son cœur malade d'amour avait attendu qu'il revienne et s'explique. En vain.

On frappa à la porte.

Elle se glaça. Ben ne frapperait pas. Qui cela pouvait-il bien être ?

— Ashley ? C'est Zolla. Ben m'a demandé de venir vous aider. Vous pouvez me laisser entrer ?

Il avait envoyé Zolla ? Elle se sentit nauséeuse. Il ne daignait même pas venir en personne ? Elle se leva et alla ouvrir d'un pas vacillant.

Zolla regarda la serviette ensanglantée sans surprise. Il franchit le seuil et ferma rapidement la porte derrière lui. Il tira une chaise et la lui montra.

— Je peux inspecter vos blessures ?

— Où est Ben ? s'enquit-elle en s'asseyant.

— Parti voir Jack.

Cela attisa sa colère. De toute évidence, elle ne comptait pas à ses yeux. Il l'avait refilée à son pote pendant qu'il allait se venger. Il l'avait seulement gardée sous la main le temps de procéder à l'échange de l'ordinateur. Elle avait été bête d'imaginer qu'il ressentait quelque chose pour elle.

Zolla déchira le col du tee-shirt d'Ashley pour dévoiler son épaule.

— Hé, protesta-t-elle. Vous auriez simplement pu me demander de l'enlever. C'est le seul haut que j'aie avec moi, vous savez ?

— Je ne voudrais pas affronter Ben après vous avoir demandé d'enlever votre tee-shirt, grommela-t-il.

— Je ne lui appartiens pas, rétorqua-t-elle d'un ton amer.

Zolla haussa les sourcils et pinça les lèvres, comme pour montrer qu'il était d'un autre avis, mais qu'il ne comptait pas argumenter. Il inspecta les marques de crocs sur sa peau puis se rendit dans la salle de bains pour mouiller un gant de toilette. Quand il revint, il nettoya ses blessures.

Elle prit une inspiration.

— Pourquoi il m'a fait ça ? C'est... c'est un truc que les loups font pendant l'amour ?

— Non. Il vous a marquée. Vous savez ce que ça signifie ?

Elle secoua la tête, puis s'interrompit, grimaçant à cause de la douleur qui envahit son muscle trapèze.

— Je pense qu'il n'avait pas l'intention de le faire, mais son instinct a dû prendre le dessus. Ça signifie qu'il vous a choisie comme compagne. Quand un métamorphe marque sa compagne, une sécrétion particulière enduit ses crocs. Vous ne vous sentez pas un peu droguée, là ?

— Si, répondit-elle.

— Cette sécrétion imprègne votre peau, et son odeur y restera pour toujours, pour avertir les autres loups que vous êtes à lui.

Une vague d'indignation la submergea. Comment avait-il osé la marquer de manière permanente ? Elle en garderait une cicatrice à vie, et il n'avait même pas demandé la permission. Et ensuite, il l'avait laissée en plan et avait envoyé Zolla comme si Ashley était une bévue à corriger.

— C'est n'importe quoi, dit-elle en fusillant Zolla du regard, comme s'il était responsable du comportement déplorable de son chef de meute. Il m'arrache un bout d'épaule, disparaît et vous envoie nettoyer derrière lui ? Vous pouvez enlever son odeur de moi ? Parce qu'après ce qu'il m'a fait, il est hors de question que je reste avec lui.

Zolla était penché sur elle pour inspecter la marque de plus près.

— Ashley... vous guérissez toujours aussi vite ?

— Comment ça ?

Elle se leva et se rendit dans la salle de bains pour se regarder dans la glace. Les trous béants qui lui avaient semblé si terribles trois quarts d'heure plus tôt s'étaient en grande partie refermés, et ils ne saignaient plus.

— Je ne sais pas, dit-elle. C'est rapide, ça ?

Zolla attendit qu'elle revienne pour répondre :

— Oui. La plupart des humains auraient eu besoin de plusieurs points de suture et saigneraient toujours abondamment, mais votre sang a déjà coagulé, et votre chair se ressoude comme si la plaie datait d'un jour, pas d'une heure.

Elle se toucha l'épaule, cherchant à comprendre ce qu'il lui racontait.

— Vous avez des ancêtres métamorphes ?

Elle le regarda d'un air hébété.

— Vous voulez dire... ?

Le cerveau tournant à plein régime, elle pensa immédiatement à mamie Jane, qui avait accouché de son père sans être mariée. À l'époque, c'était un secret de famille scandaleux, et son père avait grandi persuadé qu'Abe Bell, son beau-père, était son père biologique, jusqu'à ce qu'il voie son livret de famille en partant faire ses études. Devant la ligne pour le nom du père, il était écrit « inconnu ». Il avait interrogé sa mère, qui avait refusé de lui révéler quoi que ce soit, à part qu'Abe Bell l'aimait comme son propre fils et que c'était tout ce qui comptait.

Mamie Jane avait-elle eu une aventure avec un métamorphe ?

Ashley se rappela que son père se vantait que lui et ses filles ne tombaient jamais malades. C'était la vérité. Leur mère avait attrapé bon nombre de rhumes et de grippes, mais Ashley et Mélissa étaient généralement épargnées, et quand elles tombaient malades, leurs symptômes étaient beaucoup plus légers que ceux des autres.

— C'est vrai que je guéris vite, dit-elle avec lenteur en se rappelant les fois où elle ou Mélissa s'étaient fait des entorses, avant de réaliser le lendemain que douleurs et gonflements avaient disparu. Je crois que j'ai toujours conclu que j'avais de la chance.

— Ça expliquerait la fascination de Ben envers vous.

Elle plissa les yeux.

— Comment ça ?

Il agita les mains comme pour la calmer.

— Je ne voulais pas vous vexer. Vous êtes intelligente et très belle, ça crève les yeux, mais c'est juste que d'ordinaire, les alpha ne choisissent pas d'humaines comme compagnes. La biologie les pousse à sélectionner la femelle la plus forte ou la plus adaptée à la reproduction.

Elle renifla. Sa colère contre Ben revenait au galop.

— Écoutez... ça ne me regarde pas, mais...

Il s'interrompit lorsqu'elle lui jeta un regard noir.

— Quoi ? demanda-t-elle.

— Juste... ne soyez pas trop dure avec lui. Je ne l'avais jamais vu aussi malheureux que ce matin. Je pense qu'il ne voulait pas vous faire mal, et qu'il s'en veut terriblement.

Une partie de sa colère se dissipa, et sans savoir pourquoi, elle eut envie de pleurer. Elle prit plusieurs inspirations pour se maîtriser.

— Dans ce cas, qu'est-ce qui lui a pris de partir ?

Zolla haussa les épaules.

— Je ne sais pas. À mon avis, il porte en lui beaucoup de culpabilité, à cause de la mort de Léon. Il se sent responsable, pour une raison ou pour une autre. Et je pense que faire du mal à quelqu'un qui l'aime l'a fait fuir.

En entendant que Zolla estimait que Ben l'aimait, elle sentit son nez la picoter. Elle le gratta.

— Sincèrement, Ashley. Je suis persuadé qu'il ne vous voulait aucun mal.

Elle détourna les yeux pour dissimuler son émotion.

Le téléphone de Zolla se mit à sonner, et il répondit :

— Comment ça s'est passé ?

Il écouta un instant.

— Tu veux que je vienne faire le ménage ?

Ashley tendit l'oreille pour entendre son interlocuteur, se demandant s'il s'agissait de Ben. Sa question obtint une réponse lorsque Zolla dit :

— Elle va bien. Aucune artère touchée, ses plaies guérissent bien... Non, elle n'aura pas besoin de médecin, sauf si elle en a envie.

Il haussa les sourcils vers elle d'un air interrogateur, et elle secoua la tête.

— D'accord, dit Zolla avant de lui tendre le téléphone. Il veut vous parler.

Elle croisa les bras et fit non de la tête.

Zolla s'adressa de nouveau au téléphone :

— Hé, mec, elle n'est pas encore d'attaque pour ça.

Il se détourna comme pour avoir une conversation en privé avec Ben.

— Laisse-lui un peu de temps. Ça lui a fait un petit choc, c'est tout.

— Un *petit* choc ? grommela-t-elle.

Zolla raccrocha et se tourna de nouveau vers elle.

— Il pense que Mélissa et vous pouvez rentrer en toute sécurité.

— Qu'est-il arrivé à Jack ?

— Ben s'est occupé de lui. Il avait accepté un poste chez

Suma Games et voulait faire couler Stone Tech et voler leurs codes avant de partir.

— Qu'est-ce qu'a fait Ben ?

— Il a réglé le problème, répondit Zolla d'un ton catégorique qui la fit frémir. Votre sœur et vous pouvez rentrer chez vous.

C'était irrationnel, mais le fait que Ben l'envoie de nouveau paître l'écœura.

— Super, dit-elle d'une voix étranglée. Mel est toujours chez vous ?

— Ouais, je vais aller la prévenir. Vous voulez qu'elle vous appelle ?

— Dites-lui de me retrouver chez moi.

Ashley ramassa son sac et chercha ses clés.

— Ça marche, dit Zolla en lui ouvrant la porte, attendant qu'elle sorte avant lui.

— Merci, lui dit-elle en le prenant dans ses bras.

Il se figea, puis lui donna maladroitement de petites tapes dans le dos. Il s'éclaircit la gorge.

— Euh, y a pas de quoi. Pas la peine de traiter votre plaie. Ni désinfectant ni antibiotiques. Le sérum devrait vous protéger des infections. Vous êtes en état de conduire, ou vous êtes toujours dans un état second ?

— Je peux conduire.

Elle se sentait un peu bizarre, mais ses étourdissements avaient disparu.

— Je peux mouiller la plaie ? J'aurais bien besoin d'une longue douche.

— Ça ne devrait pas poser de problème. Ne vous fatiguez pas trop aujourd'hui, c'est tout. Enregistrez mon numéro et appelez-moi si vous avez des questions ou si vous vous sentez mal. Ou si vous avez besoin de quoi que ce soit.

Elle entra son numéro dans son répertoire et lui adressa un petit sourire.

— Merci encore, Zolla.

— Pas de quoi. Soyez gentille avec votre loup, Ashley. Il est vraiment désolé.

Elle haussa les épaules.

— Il ne me l'a toujours pas dit.

Non qu'elle lui en ait donné l'occasion.

Elle fut reconnaissante à Zolla de ne pas lui faire remarquer qu'ayant refusé l'appel de Ben, cela aurait été impossible. Elle savait qu'elle était un peu irrationnelle, mais l'abandon de Ben avait été la goutte d'eau, après toutes les fois où il l'avait tenue à l'écart depuis le début de leur relation.

Elle en avait assez. Elle ne savait pas ce que l'avenir leur réservait, mais en tout cas, elle refusait que cela continue ainsi. Elle ne voulait plus ressentir cette incertitude. Elle ne pouvait pas se donner à lui s'il disparaissait à la moindre émotion forte.

Chapitre Dix

Cette après-midi-là, Ben était assis à son bureau, dans un silence assourdissant. Zolla était venu s'entretenir avec les informaticiens pour remettre les serveurs en route et tout sécuriser.

Il avait eu l'estomac noué toute la journée en pensant à Ashley. Le fait qu'elle ait refusé de prendre son appel l'avait torturé de plus belle. Il avait retenté de la joindre plusieurs fois, mais était tombé directement sur son répondeur, comme si elle avait éteint son portable ou n'avait plus de batterie.

Il espérait qu'elle ne souffrait pas. Il craignait que Zolla ne l'ait pas correctement soignée. Il aurait peut-être dû insister pour qu'elle aille aux urgences, qu'elle reçoive des points de suture. Avait-elle pris des antalgiques ? Lui reparlerait-elle un jour ?

Quand il regagna sa voiture, il réessaya de l'appeler. Cette fois encore, il tomba sur son répondeur. Les fois précédentes, il n'avait laissé aucun message, mais il tenta le coup :

— Ashley, commença-t-il.

Il eut un trou. Que disait-on dans ce genre de situations ? Y avait-il des cartes de vœux pour ces occasions ? *Désolé d'avoir failli t'arracher la gorge, tu veux bien sortir avec moi ?* Ou bien : *Je suis prêt pour du sérieux... ça t'embête que je te marque définitivement de mon odeur ?* Encore mieux : *J'aimerais te mettre en danger en m'assurant que tous mes ennemis sachent que je tiens à toi. J'espère que tu aimes les cicatrices !*

Bon sang. Il était vraiment con, hein ?

Il prit une grande inspiration et souffla.

— S'il te plaît, rappelle-moi. Il faut vraiment que je te parle. Je... je suis désolé, Ashley. Il faut que je te voie...

Il allait ajouter *s'il te plaît, rappelle-moi*, puis il se souvint qu'il l'avait déjà dit, et raccrocha en se frottant le front.

Et si elle ne rappelait pas ? Devrait-il se présenter chez elle, ou attendre de la voir au bureau ? Seigneur, viendrait-elle travailler ? La perspective de faire tourner Stone Tech sans elle lui donnait un sentiment de vide. En moins d'une semaine, elle était devenue le centre du monde pour lui. Grâce à elle, il avait envie de redresser l'entreprise, de prendre son courage à deux mains et devenir le meneur que son frère aurait voulu qu'il soit. Il devait au moins ça à Léon. Ashley avait réussi à le réveiller de la torpeur qui l'avait envahi après la mort de son frère.

Il démarra et se rendit chez elle. La lumière était allumée, et il voyait Ashley et Mélissa assises côte à côte sur le canapé. Il resta dans sa voiture un moment sans couper le moteur et réfléchit. Les deux femmes avaient sans doute plein de choses à se dire. Il valait peut-être mieux les laisser panser leurs plaies ensemble sans les interrompre.

Il prit la route de chez lui au volant de sa Mustang.

* * *

En coupant son téléphone par colère envers Ben, Ashley s'était tiré une balle dans le pied. Mais une part d'elle avait sûrement envie de le punir. Et une autre part d'elle n'était pas prête à lui parler. Elle avait besoin de faire le tri dans ses émotions à l'idée d'avoir été « marquée ».

Après avoir tout raconté à Mel, elle avait été frappée par l'ampleur de la chose. Il n'y avait pas que sa surprise face à sa violence ou sa colère face à son abandon. Ben l'avait marquée comme sa compagne, définitivement. Elle devait bien admettre que son cœur s'était mis à danser la gigue quand elle avait réalisé ce que cela impliquait. Elle ne s'était pas trompée : il craquait effectivement sur elle. Et c'était du sérieux, apparemment. Elle ignorait ce qu'impliquait le rôle de compagne de loup, mais s'ils parvenaient à briser les barrières que Ben avait dressées autour de lui, elle était carrément prête à tenter le coup.

Elle avait rallumé son portable avant d'aller se coucher, et fut satisfaite d'entendre le message de Ben. Il lui avait semblé très malheureux. Elle ne s'était pas encore sentie capable de lui parler, mais elle s'était sentie mieux. À présent, le lendemain, elle était prête à lui faire face au bureau. Ils discuteraient, puis ils pourraient avancer.

Elle se rendit au travail en avance et trouva une place près de l'ascenseur.

— Attendez, lança-t-elle.

Les portes de l'ascenseur se refermaient sur un homme qu'elle ne reconnaissait pas. Elle glissa la main dans l'interstice pour les rouvrir et monta dans la cabine.

— Trente-cinquième étage, s'il vous plaît, dit-elle.

L'inconnu appuya sur le bouton sans la regarder. Elle

183

remarqua d'abord ses chaussures bien cirées, puis son costume sur mesures impeccable. Il était brun, avec des tempes grisonnantes et une peau olivâtre, plus foncée que celle de Ben. Leurs regards se croisèrent, et il plissa le nez tout en humant l'air.

Elle se raidit face à ce geste typique d'un loup.

Sa tension sembla confirmer à l'homme qu'il avait vu juste, car ses lèvres formèrent un rictus.

— Vous venez d'être marquée, commenta-t-il avec un fort accent espagnol.

Elle détourna brusquement les yeux et regarda les chiffres lumineux défiler au-dessus de la porte.

— Je ne vois pas de quoi vous parlez, répliqua-t-elle.

D'un mouvement fluide, il sortit un pistolet de sa veste et le braqua sur elle.

— Une fois l'ascenseur arrivé à destination, vous resterez à l'intérieur, refermez la porte et le ferez redescendre jusqu'au parking.

Elle retint son souffle, tentant de mettre de l'ordre dans ses pensées. Qui était cet homme ? Un Sud-Américain... Léon était mort au Venezuela. Que lui avait dit Ben à ce sujet ?

La porte s'ouvrit, et le pistolet disparut derrière la veste de l'homme, toujours pointé vers elle.

— Fermez la porte. *Maintenant,* gronda-t-il.

Elle appuya sur le bouton. L'ascenseur poursuivit son ascension jusqu'à l'étage de Ben. *Pitié,* pria-t-elle, *faites qu'il se trouve au bureau de Karen et qu'il me voie avec ce loup qui doit être son ennemi.*

Elle n'eut pas cette chance. La porte s'ouvrit sur une réception déserte. Karen n'était pas à son poste, et le bureau de Ben était fermé.

— Refermez la porte et appuyez sur le bouton du parking, premier niveau.

Elle hésita.

— Allez ! grogna-t-il.

Elle obéit.

— Qui êtes-vous ?

Le métamorphe eut un sourire en coin.

— Sandoval.

Elle le regarda sans réagir.

— Il ne vous a pas parlé de moi ? demanda-t-il d'un ton vexé.

Elle haussa les épaules et feignit l'indifférence.

— Je suis le loup qui va rendre la monnaie de sa pièce à votre chéri.

— Qu'est-ce qu'il vous a fait ?

La porte s'ouvrit sur le parking, et le sale type la poussa hors de l'ascenseur.

— Tomás Solís a assassiné ma femme et mes enfants.

Elle retint son souffle face à la haine presque palpable du loup. Elle ignorait qui était ce Tomás Solís, mais le moment semblait mal choisi pour lui poser la question.

Il l'obligea à avancer, les doigts crispés sur son bras. Deux jeunes hommes sautèrent d'une voiture noire et l'un d'entre eux ouvrit la portière à Sandoval.

— Montez, ordonna-t-il à Ashley en la poussant à l'intérieur.

— C'est qui celle-là ? demanda l'un des jeunes hommes, qui ressemblait au ravisseur d'Ashley – peut-être son fils ou son neveu.

Sandoval s'assit à côté d'elle et répondit :

— La compagne du louveteau Solís.

— Qu'est-ce qu'on lui veut ?

— Démarre, lança Sandoval d'un ton sec. On rentre.

La voiture recula et sortit en trombe du parking. Ashley examina les véhicules qui entraient, espérant faire signe à l'un d'entre eux, mais elle réalisa que les vitres teintées la dissimulaient.

Le jeune homme se retourna pour jeter un regard à Ashley, puis à Sandoval. Il dit quelque chose en espagnol. Son aîné lui répondit quelque chose, avant de s'intéresser à elle, un vilain sourire au visage.

— J'ai tué Solís trop vite. J'aurais dû torturer ses louveteaux devant lui.

Il saisit une mèche des cheveux d'Ashley et la fit tourner entre ses doigts, les yeux luisants.

— Mais je vais pouvoir rectifier mon erreur. Son fils verra sa compagne être souillée, puis tuée. Et ensuite, quand j'aurai éliminé le plus jeune des Solís, ma vengeance sera accomplie.

Ben était-il le plus jeune des Solís ?

— Je... je ne suis pas vraiment la compagne de Ben. C'était une erreur. Il n'avait pas l'intention de me marquer. Je suis humaine.

— Ce qui vous rend encore plus fragile, dit l'homme avec un sourire. Torturer une humaine, c'est tellement gratifiant.

Elle frémit.

La voiture se gara devant une villa de vacances à un étage, la propriété cernée par un mur.

La terreur l'avait gagnée, glaçant son corps tout entier. Elle prit de profondes inspirations et tenta de garder la tête froide. Elle avait son téléphone sur elle. Elle trouverait peut-être le moyen d'envoyer un message à Ben ou à Zolla. Ce dernier serait en mesure de trouver où elle était.

Sandoval la poussa hors du véhicule et la traîna dans la maison, où il l'assit et lui ligota les chevilles aux pieds d'une chaise. Il lui scotcha les poignets dans le dos, tellement serré que le bois de la chaise lui rentrait dans les bras. Il fouilla dans sa sacoche, en sortit son portable et balaya l'écran.

— Où est le numéro de votre chéri ? demanda-t-il, visiblement sans attendre de réponse. Ah, le voilà.

Il appela et colla le téléphone à l'oreille d'Ashley.

— Dites-lui bonjour.

Ben répondit à la deuxième sonnerie.

— Ashley, dit-il d'une voix rauque et soulagée.

Elle se souvint avec une pointe douloureuse dans la poitrine qu'ils étaient en froid, et qu'elle n'avait pas répondu à ses coups de fil. Des larmes de remords lui piquèrent les yeux.

— Ben...

Sandoval reprit le téléphone et dit quelque chose en espagnol.

— Ben, ne viens pas... c'est un piège ! s'écria-t-elle.

Sandoval la gifla du dos de la main, envoyant sa tête en arrière. Elle sentit un goût de sang alors que la douleur explosait dans sa bouche, sa mâchoire et sa nuque.

— Ne viens pas, répéta-t-elle tandis que son ravisseur s'éloignait, sans cesser de parler dans le combiné.

* * *

Sandoval tenait Ashley. La vue de Ben se focalisa, ses sens s'aiguisèrent. Il ne lui fallut que trois secondes pour établir un plan d'action. Il appela Zolla tout en se rendant en voiture à l'adresse que lui avait donnée Sandoval.

— Tu es fou ? répondit Zolla. Tu ne peux pas y aller

seul. Tu n'en sortiras pas vivant. Dis-moi où c'est, je te retrouve là-bas.

— Non. J'irai seul, et désarmé, comme demandé. Avec Ashley, je ne veux pas prendre de risques.

Il raccrocha avant que Zolla puisse argumenter et appuya sur l'accélérateur.

Il se gara à l'adresse indiquée et sortit de la voiture. Pour une fois, concernant Ashley, tout était très clair pour lui. Un drôle de sentiment de paix l'enveloppait comme une cape, lui procurant une impression de sérénité et de puissance. Il se dirigea vers la porte et frappa.

Les rideaux bougèrent et une ombre passa devant le judas. La porte s'entrouvrit et le canon d'une arme émergea.

— *Pásale.*

Il entra et attendit pendant qu'on le fouillait, les mains sur la tête. Deux voyous de la meute de Sandoval l'escortèrent jusqu'au salon, où sa compagne était attachée à une chaise. La voir ainsi, avec le visage tuméfié, les yeux écarquillés sur un visage pâle, lui fit presque oublier sa détermination et son calme.

— Ben, murmura-t-elle. Je t'avais dit de ne pas venir.

— Tout ira bien, Ashley, lui promit-il.

Les mains toujours sur la tête, il avança et se laissa tomber à genoux devant Sandoval.

L'ennemi juré de son père retroussa la lèvre supérieure, et ses yeux luisirent de satisfaction.

— Prends-moi à sa place, dit-il. Tu l'as, ta vengeance. Dieu sait que tu le mérites. Mais libère-la.

Le visage de Sandoval se fendit d'un vilain sourire.

— Regarde un peu, Rodrigo, il me supplie déjà, alors que je n'ai même pas commencé.

Une partie de la lucidité de Ben vola en éclats. Il secoua la tête, ses mains toujours collées à son crâne.

— Tu n'as rien à prouver, assura-t-il au baron de la drogue. Je sais que mon père t'a causé du tort. J'ai su ce qui était arrivé à ta famille. Si je pouvais changer ce qui s'est passé, je le ferais. Je changerais beaucoup des méfaits de mon père.

Sandoval semblait en colère, à présent, comme si la simple mention de Tomás Solís l'enrageait.

Ben poursuivit avant d'être interrompu :

— Pour ce que ça vaut, je pense que c'était un accident, que tu étais sa véritable cible. Mais honnêtement, je n'ai pas de certitudes. Mon père était un vrai salaud. Il voulait t'éliminer, et il a choisi la voie des lâches au lieu de te défier. Il a perdu son honneur, et je ne suis pas fier d'être son fils.

Ses yeux quittèrent Sandoval pour se poser sur son fils, qui était assis à ses côtés.

— Je ne lui ai pas prêté main-forte quand il m'a demandé de rentrer pour te combattre. Mais aujourd'hui, je me livre à toi. Ne fais pas de mal à Ashley. Elle n'a rien à voir avec tout ça.

Le sourire de Sandoval s'effaça, et il dévisagea Ben en plissant les yeux. Son fils semblait mal à l'aise.

Ben aurait bien voulu en appeler à l'honneur de Sandoval, mais cet homme avait encore moins de scrupules que son père. Il jeta un regard à Ashley, qui avait le visage baigné de larmes. Elle secoua la tête, comme pour lui dire que Sandoval n'était pas digne de confiance.

Ce dernier se leva et se dirigea vers lui.

— J'ai perdu ma femme et mes deux filles à cause de toi.

— Pas à cause de moi, répondit Ben. Je n'étais même pas dans le pays. Je n'étais au courant de rien.

Sandoval pointa un doigt tremblant sur lui.

— Tu aurais dû l'en empêcher ! hurla-t-il.

Ben ferma les yeux. Sandoval semblait perdre la raison,

ce qui risquait de contrecarrer les plans de Ben, qui avait prévu de se sacrifier pour sauver Ashley.

— Tu as raison, dit-il. J'aurais dû. Si j'avais su, je l'aurais fait.

Il mentait. Il n'avait jamais tenu tête à son père, s'était contenté de fuir cet homme autoritaire et maltraitant.

Sandoval se dirigea vers Ashley et coupa le scotch qui lui maintenait les chevilles, avant de la tirer sur ses pieds.

Ben se tendit.

— Je veux que tu souffres autant que moi. Autant que Mia, Sofi et Ana.

Il pencha Ashley sur la table et souleva sa jupe.

Ben se crispa, sa vision changea, ses oreilles se mirent à bourdonner. Il entendait Sandoval parler comme s'il se trouvait très loin.

— Tu vas nous regarder la prendre tour à tour, et ensuite, tu la regarderas mourir.

Ben se transforma avant que Sandoval ait fini de parler. Il se jeta sur sa gorge. Sandoval tira une balle dans le mollet d'Ashley, qui cria. Deux loups interceptèrent Ben dans les airs et le ramenèrent au sol en grognant.

— Ne bouge plus, ou elle meurt, lui lança Sandoval, son pistolet sur la tempe d'Ashley.

Un deuxième coup de feu retentit, et toutes les vitres de la pièce se brisèrent. Ben se jeta de nouveau sur Sandoval, mais celui-ci était déjà couché au milieu d'une pile brouillonne de corps et de sang. Ashley se trouvait en dessous et hurlait. Des loups entraient par les fenêtres, grondant et attaquant la meute sud-américaine. Il reconnut Zolla et Mark, Stanley et les autres.

Il tira Sandoval à l'écart d'Ashley et réalisa qu'il était mort d'une balle dans le crâne. Accroupi sur Ashley pour la protéger, il montra les dents et grogna, mais aucune menace ne surgit. Les mâchoires avaient beau claquer et les corps s'affronter, la meute de Denver avait gagné. Quelques instants plus tard, ils avaient réduit les survivants sud-américains à une bande de loups gémissant la queue entre les jambes.

Avec une plainte, il lécha le visage ensanglanté d'Ashley. Elle détourna la tête, mais ne semblait pas tout à fait consciente. Le cœur de Ben battait la chamade.

Autour de lui, les loups reprenaient forme humaine. Il vit vaguement Mark prendre les rênes, appeler les forces de l'ordre et une ambulance. Des sirènes se mirent à retentir au loin.

Ben se transforma à son tour et examina Ashley. Elle était couverte de sang, et il ne savait pas s'il s'agissait du sien ou de celui de Sandoval. Ses paupières papillonnèrent, mais elle était très pâle.

— Ashley, oh, Seigneur. Où es-tu touchée ?

— Ne déchire pas mes vêtements, dit-elle avec l'ombre d'un sourire. C'est seulement mal jambe. Je m'en remettrai.

Il la souleva dans ses bras et la serra contre son torse, comme un bébé.

— Fais sortir la meute d'ici, dit Mark à Stanley.

— Tout le monde dehors, aboya Stanley.

Les membres de la meute se transformèrent et sortirent par les portes et les fenêtres pour disparaître avant l'arrivée de la police. Les Sud-Américains survivants se volatilisèrent également, et Mark les laissa faire. Question forces de l'ordre, les loups préféraient régler leurs comptes entre eux.

Mark et Zolla s'étaient déjà habillés. Les vêtements de Ben étaient déchirés et pendouillaient sur son corps, car il s'était transformé avec. Zolla lui tendit un pantalon et porta Ashley pendant qu'il l'enfilait.

— Comment tu nous as trouvés ? Je ne t'ai pas donné l'adresse.

— J'ai tracé le portable d'Ashley, répondit Zolla.

Ben reprit Ashley dans ses bras.

— Merci, dit-il d'une voix étranglée.

Mark jeta un regard aux fenêtres cassées et aux taches de sang partout.

— Ça va être difficile à expliquer, dit-il.

Ashley s'était mise à trembler, sous le choc. Elle devint encore plus pâle et sembla perdre connaissance.

— Ashley ! s'écria Ben.

— Écoutez-moi, intervint Mark d'un ton ferme. Ashley a été kidnappée pour attirer Ben ici. Il est venu, mais a d'abord appelé Zolla, qui m'a averti. Quand je suis arrivé, un combat s'était déclaré entre les Sud-Américains ; certains luttaient pour libérer Ben, d'autres contre. C'est comme ça que les vitres ont été brisées. J'ai abattu Sandoval d'une balle quand il a tiré sur Ashley, et les autres se sont enfuis. Compris ?

— Ouais, d'accord, dit Ben.

Le cœur serré, il vit les paupières d'Ashley se fermer à nouveau. La police et l'ambulance arrivèrent en même temps, et il courut dehors, sa compagne dans les bras.

— Ouh là, on ne déplace jamais une victime, aboya l'un des secouristes. Posez-la dans l'herbe.

— Non, répliqua Ben d'une voix dure, faisant le tour de l'ambulance pour l'allonger sur une civière. Aidez-la tout de suite.

— On s'occupe d'elle.

— Monsieur, éloignez-vous d'elle, s'il vous plaît, intervint un policier, une arme à la main.

Mark apparut à ses côtés, sortit sa plaque du FBI et le

prit par l'épaule pour le mener à l'écart. Quand Ben se dégagea, Mark lui dit à voix basse :

— Maîtrise-toi, Stone. Ça sera déjà assez compliqué comme ça.

* * *

Le chirurgien entra et lui adressa un sourire chaleureux.

— Eh bien, vous êtes une chanceuse, vous. Vos radios montraient une grosse fracture, mais quand nous vous avons opéré pour remettre l'os en place, je n'ai trouvé qu'une fissure. Alors vous n'avez pas la moindre broche. J'ai extrait la balle, et vous aurez un plâtre pendant six semaines, suivi par une attelle durant un mois, dit-il en passant la main sur sa jambe plâtrée.

— Quoi ? Un plâtre blanc ? plaisanta-t-elle. Je voulais du rose.

Il lui sourit.

— On peut ajouter une couche de rose rien que pour vous.

Elle lui adressa un faible sourire.

— Merci.

— La police veut vous parler, et votre sœur est là. Il y a également un homme très angoissé qui affirme être votre fiancé, dit-il avec un clin d'œil.

— Quand est-ce que je pourrai partir ? lui demanda-t-elle en faisant déjà glisser ses jambes hors du lit.

— Je peux signer votre autorisation de sortie tout de suite. Mais la police vous interrogera avant votre départ.

— Je peux voir Ben avant ?

— Je n'ai pas d'objection.

Le médecin adressa un signe de tête à l'infirmière debout derrière lui. Elle quitta la pièce et revint avec Ben.

Ce dernier s'arrêta sur le seuil d'un air hésitant. Ashley se souvint de la façon dont ils s'étaient quittés, et elle porta la main à la morsure sur son épaule, déjà presque guérie. Elle lui avait pardonné, mais elle n'avait pas l'intention de le laisser s'en tirer sans avoir mis les choses au clair.

Elle parvint à se lever et se dirigea jusqu'à lui.

— Tu n'as pas intérêt...

Elle le frappa à la poitrine.

— À m'abandonner...

Elle le frappa à l'épaule.

— Encore une fois...

Elle poussa son corps immobile.

— Tu n'as pas le droit de prendre la fuite à la moindre difficulté, conclut-elle en abattant les poings sur son torse, encore et encore.

Il glissa une main autour de sa taille, l'empêchant de bouger, la caressant.

— Je ne recommencerai pas. Promis, murmura-t-il.

Comme son manque de réaction face à la diatribe d'Ashley donnait l'impression qu'il ne la prenait pas au sérieux, elle leva la main et le gifla, ne se souvenant que trop tard de la façon dont les loups démontraient leur domination.

Elle ne reçut pas de réaction alpha cette fois-ci, cependant. Ben se contenta de la regarder avec une expression chagrinée.

— Pourquoi est-ce que tu m'as laissée ? demanda-t-elle, les yeux soudain emplis de larmes.

À sa grande surprise, elle crut voir ceux de Ben s'embuer également, avant qu'il batte rapidement des cils.

— Je suis désolé de t'avoir blessée, Ashley. Ce n'est pas ce que je voulais.

Il secoua la tête, comme écœuré par son propre comportement.

— Je voulais seulement te protéger, mais comme d'habitude, j'ai tout raté.

Elle déglutit bruyamment.

— Tu n'arrêtes pas de me repousser, dit-elle d'une voix brisée.

Ben la souleva dans ses bras et la porta jusqu'au lit, où il s'assit, Ashley pelotonnée sur ses genoux.

— Ça veut dire que tu veux bien de moi ? s'enquit-il avec douceur.

Elle ravala un sourire alors qu'une larme coulait le long de sa joue.

— Je vais y réfléchir, répondit-elle.

Il lui mordilla l'oreille.

— Je crois que tu n'as pas bien compris comment ça se passait, dit-il d'une voix rauque et amusée qui la mit dans tous ses états. Tu es mienne, désormais. Je t'ai revendiquée. Ça veut dire que tu ne seras jamais débarrassée de moi, alors je te suggère de te faire à l'idée.

Il recula et prit un air sérieux.

— J'espère que tu pourras me supporter. Je sais que je suis un sacré connard, mais je te promets de tout faire pour te rendre heureuse. Tu es la seule chose qui compte à mes yeux. Je suis sincère.

Elle fondit en larmes sans prévenir, submergée par les émotions qu'elle réprimait.

Ben sembla paniqué.

— Pardon, Ashley. Je ne peux pas revenir sur ma marque, mais si pour être heureuse, tu as besoin d'être débarrassée de moi, je ferai de mon mieux pour te laisser tranquille, dit-il, bien qu'il semble révolté à cette idée.

Elle rit à travers ses larmes.

— Quel idiot, ce loup, commenta-t-elle en passant les bras autour de son cou pour y blottir sa tête. Je ne veux pas que tu me laisses tranquille.

Elle embrassa sa joue, puis ses lèvres quand il la fit tourner vers lui, et l'air soucieux de Ben devint avide. Elle recula.

— J'ai besoin que tu sois plus présent, pas moins. Tu en es capable ?

Il affronta son regard.

— Je te donnerai tout ce que j'ai, dit-il comme un serment.

Elle rit et versa d'autres larmes, qu'il essuya avec son pouce en l'embrassant.

— Mon ange. Tu es entrée dans ma vie comme un ouragan. Comment pouvais-je ne pas réaliser que ce qui me manquait, c'était toi ?

Chapitre Onze

Par miracle, la police sembla se satisfaire de la version que leur avait dictée Mark. Le passif de narcotrafiquant de Sandoval les aida, et la brigade anti-stupéfiants était ravie de ne plus l'avoir dans les pattes. Ben craignait que son rôle dans l'affaire lui attire la surveillance de la police, mais comme il n'avait aucun lien avec le trafic de drogue, il espérait que les choses s'arrêteraient là.

Il conduisit Ashley chez elle.

— Ne bouge pas, je t'aide à sortir, dit-il quand elle ouvrit sa portière.

Elle l'ignora et commença à sortir tandis qu'il faisait le tour de la voiture, sautillant sur un pied tout en essayant d'attraper ses béquilles sur la banquette arrière.

— Je t'avais dit de ne pas bouger, grommela-t-il en lui prenant les béquilles des mains.

— Ouaf.

Son cœur fit un bond. Il se remémora leurs premiers jours ensemble, la façon dont elle avait illuminé ses ténèbres, dont il avait été impatient de retrouver son sourire, sa présence apaisante.

Il la souleva et la porta à l'intérieur.

— C'est mon boulot de prendre soin de toi, ma petite, et je veux que tu coopères.

— Il faudra bien que j'apprenne à marcher avec des béquilles un jour ou l'autre, répliqua-t-elle.

— Pas si je suis là, dit-il d'un ton ferme. Et si tu veux que je te rappelle ce que ça fait de finir allongée sur mes genoux, je n'hésiterai pas à te rafraîchir la mémoire.

Ashley se trémoussa et son corps se mit à chauffer dans les bras de Ben. L'idée de la fesser le tentait, soudain, pas pour lui donner une leçon, mais parce qu'il savait que ça l'excitait.

Il ferma la porte derrière eux et la porta dans la chambre, où il l'allongea sur le lit.

— Alors ça sera comme ça, avec toi ? demanda-t-elle.

— Comment ça ?

— Soit je t'obéis, soit j'ai une fessée ?

Il sourit et plaça des coussins sous la jambe blessée d'Ashley.

— En gros, oui.

— Qu'est-ce qui se passera quand je serai fâchée contre toi ? Moi, je pense que tu mérites une fessée pour m'avoir mordue et abandonnée.

Amusé, il se retourna face au lit, lui présentant ses fesses.

— Je t'en prie.

Elle lui donna une tape sur le derrière.

— Aïe, dit-elle en secouant la main comme si elle s'était fait mal.

Il rit.

— Non, mais sérieusement, c'est injuste. Que font les louves pour punir leur compagnon ?

Il s'assit à ses côtés et balaya une mèche de cheveux acajou qui lui tombait sur le visage.

— Les pleurs suffisent, répondit-il avec douceur. L'odeur de tes larmes me mettra à genoux.

Elle le dévisagea, comme pour voir s'il se moquait d'elle.

— Alors si je veux mettre fin à une fessée, il me suffit de pleurer ? Pourquoi est-ce que je n'ai pas essayé cette technique la dernière fois ?

Il lui caressa la joue.

— Je n'arrêterais pas forcément, mais ça deviendrait très difficile pour moi. Garde ça en tête quand tu fais des bêtises, coquine.

—C'est pour ça que tu étais aussi perturbé, la dernière fois ?

Il hocha la tête et dit avec sérieux :

— Je ne veux pas te faire de mal. Ça me tue de te voir pleurer.

Elle lui adressa un sourire langoureux.

— Oh, je ne sais pas... J'ai l'impression que me donner la fessée te plaît bien.

Il lui bondit dessus et s'empara de sa bouche tout en déboutonnant son chemisier.

— C'est toi qui aimais ça, dit-il entre deux baisers.

— Réessayons pour voir, suggéra-t-elle en lui mordant la lèvre.

L'animal en lui eut un sursaut de plaisir face à cette douleur. Il gronda et ouvrit brusquement son chemisier, faisant sauter les derniers boutons.

— C'est le deuxième haut que tu détruis, râla-t-elle, bien qu'elle ait un sourire sauvage.

— Je pense qu'il était déjà flingué par tout ce sang.

Il posa les yeux sur les vilaines plaies de son épaule et déglutit. Il passa le doigt dessus, surpris que les blessures se soient déjà refermées. Elles avaient l'air de dater de deux semaines, pas d'un jour et demi.

— Zolla ne t'a rien dit ? Il pense que j'ai du sang de loup et que c'est pour ça que je guéris aussi vite.

Ben digéra cette information. Oui. C'était logique. Pourquoi Ashley l'attirait-elle à ce point, sinon ? Il baissa la tête et embrassa la marque avec révérence.

— Ma petite louve, murmura-t-il. Comment est-ce possible ?

— Je pense que c'était mon grand-père. Mon père n'a jamais connu le sien, et ma grand-mère a toujours refusé de dévoiler son identité.

— Ton père ne s'est jamais transformé ?

— Je ne pense vraiment pas. Mais il était très protecteur avec nous, ses filles, comme tu l'es avec moi, dit-elle en lui touchant le visage.

Il lui donna un baiser, tout en veillant à la caresser avec ses lèvres au lieu de se jeter sur elle. Il n'avait jamais été du genre à « faire l'amour ». Ce n'était pas trop le truc des loups, mais pour son Ashley, il essayerait. Il fit glisser son soutien-gorge le long de ses épaules et lui embrassa la clavicule. Son odeur emplit ses narines, l'enivra. Il se glissa sur elle et passa un doigt sur un téton dressé, tout en l'embrassant dans le cou. Elle enfouit les doigts dans ses cheveux et se cambra sous ses caresses. Elle avait la peau incroyablement douce, et son corps était menu et élancé sous celui de Ben.

— Tu es sublime, murmura-t-il d'une voix rauque.

— Tu es un putain de Dieu.

Il rit.

— Pas de gros mots, ma belle.

Il lui donna un coup de langue dans l'oreille, puis lui mordilla le lobe. Il lui avait ôté son soutien-gorge et avait soulevé sa jupe, et son doigt caressait l'entrejambe mouillé de sa culotte.

— Putain, putain, putain, le provoqua-t-elle, le menton levé comme une gamine insolente.

Il s'esclaffa et se plaça à califourchon sur elle, avant de se retrousser lentement les manches.

— Tu tiens vraiment à ce que je fasse chauffer la peau de tes fesses ce soir, hein ?

Les yeux d'Ashley s'assombrirent et elle se tortilla sous lui. L'odeur de son excitation était comme un nectar dans ses narines.

Il lui coinça les poignets de chaque côté de la tête.

— Où crois-tu aller comme ça ? demanda-t-il d'une voix traînante.

Elle gloussa.

Les yeux plongés dans les siens, il se releva légèrement, le temps de la faire rouler sur le ventre.

— Baisse ta culotte, Ashley, susurra-t-il, lâchant ses poignets et se relevant.

Elle hésita.

Il patienta.

Elle tourna la tête vers lui, leva les fesses et à deux mains, fit glisser sa culotte le long de ses cuisses.

— Gentille fille.

Il attrapa un oreiller.

— Lève de nouveau le bassin, ordonna-t-il.

Il glissa l'oreiller sous son pelvis. Il passa sur ses courbes dénudées, faisant de son mieux pour ignorer son plâtre qui lui hurlait qu'elle était fragile. Il se concentra plutôt sur son cul sublime, offert à son châtiment, et son membre se pressa douloureusement contre son pantalon.

Il abattit sa main sur une fesse, qui s'écrasa et se repulpa aussitôt. Il frappa de l'autre côté, attendant que l'empreinte de ses doigts apparaisse sur la peau laiteuse. Ashley agita les fesses pour en redemander. Il ravala un grognement. Savoir qu'elle aimait qu'il la domine lui envoya une vague de pur désir dans tout le corps. Les loups étaient des dominateurs nés, du moins les alpha. Voir une femelle s'offrir comme le faisait Ashley satisfaisait la source de son pouvoir viril.

— Je crois que je devrais te donner régulièrement des fessées, annonça-t-il, frappant une fesse, puis l'autre. Sinon, tu risques de faire des bêtises rien que pour être punie.

Elle gémit langoureusement.

Il se mit à aller plus vite, un peu plus fort, abattant la main au milieu de ses fesses, juste au-dessus de sa chatte délicieuse.

— Oh ! s'exclama-t-elle.

— J'attends de toi une obéissance et un respect absolus, sans quoi tu passeras tout ton temps au coin, la culotte baissée et les fesses en feu.

Ashley lâcha un son aigu, comme si elle était sur le point de jouir. Il se demanda s'il était capable de la mener à l'orgasme d'une simple fessée. Il monta légèrement en intensité, frappant tout près de son sexe.

Elle agrippa les draps et leva la tête, lâchant plusieurs plaintes rauques.

— Caresse-toi le clitoris, Ashley, ordonna-t-il d'une voix grave.

Elle ne sembla pas comprendre tout de suite, mais il n'interrompit pas sa fessée, gardant un rythme régulier. Au bout d'un moment, elle glissa une main entre son pelvis et l'oreiller et se laissa aussitôt aller. Elle serra les fesses et tendit les jambes, le dos cambré.

Il passa sa propre main sous son corps pour repousser

celle d'Ashley et faire vibrer ses doigts sur son bouton sensible.

La jouissance lui arracha un cri de plaisir, et elle se frotta sur la main de Ben. Rien n'était plus satisfaisant que de combler sa compagne.

— Comme tu es belle, murmura-t-il.

Il caressa ses fesses échauffées, puis glissa un doigt entre ses jambes pour caresser son sexe gonflé et mouillé.

La première fois, il l'avait prise par-derrière. À présent, il voulait voir son visage. Il se débarrassa de ses vêtements et sortit un préservatif de son portefeuille. Il fit rouler Ashley sur le dos, ôta l'oreiller et lui grimpa dessus.

Elle lui prit le préservatif des mains, déchira l'emballage et le fit rouler sur son érection. Il se plaça juste au-dessus de sa fente pleine de nectar, sa chaleur pulsant contre son organe sensible. Elle fit onduler ses hanches et le guida en elle.

Il s'enfonça lentement, savourant le moment de la pénétration et l'étourdissement qu'il ressentit lorsque les parois de son vagin enserrèrent sa virilité. Elle referma les doigts sur ses épaules, et il s'interrompit, la laissant s'habituer à sa circonférence. Après quelques instants, elle se mit à bouger, levant les hanches pour l'accueillir plus profondément.

— C'est bien, bébé, murmura-t-il, sans prêter attention à son corps qui voulait la pilonner impitoyablement pour célébrer leur union.

Elle se cambra, poussant d'adorables gémissements chaque fois qu'il allait et venait en elle. Elle leva les jambes et croisa les chevilles dans son dos, s'en servant pour le coller à elle, hisser son pelvis vers le sien.

— Oh, Seigneur, gronda-t-il. Je ne vais pas tenir longtemps.

Ashley ferma les yeux, les cheveux étalés sur l'oreiller

tandis que sa tête glissait de bas en haut sous la force de ses coups de reins. Elle s'agrippa à ses bras, les ongles plantés dans sa chair, et leva le bassin pour aller à sa rencontre.

— Donne-moi tout, dit-elle.

— Quoi ? Oh, la vache…

Il lui donna un coup de reins violent, désormais incapable de se contenir. Il plaça une main sur l'épaule d'Ashley pour la maintenir, puis se remit à aller et venir sauvagement, jusqu'à ce que des lumières dansent devant ses yeux et qu'il jouisse en criant son nom.

* * *

Même si son lit avait pris feu, Ashley aurait été incapable de bouger. Après l'orgasme, tous ses muscles s'étaient ramollis. Son sexe pulsait toujours après l'invasion de Ben, étiré et endolori après leur étreinte sauvage. Même ses entrailles semblaient avoir été malmenées, mais elle adorait cette sensation et voulait savourer son impression d'avoir été utilisée pour le plaisir, d'appartenir à Ben.

Il se retira doucement et s'allongea à ses côtés, la tirant contre lui.

— Ça va ?

— Mmm, parvint-elle tout juste à répondre.

— Et ta jambe ? Je ne t'ai pas fait mal ?

— Chut, dit-elle en lui touchant les lèvres. Je vais bien. Mieux que ça, même. Je suis sur un petit nuage.

— Je t'aime.

Elle retint son souffle.

L'air hésitant, il ajouta :

— Ça te paraît sans doute trop rapide, mais c'est la

vérité. Les loups sont différents. On reconnaît notre compagne dès qu'on la voit, ou presque.

Elle passa le doigt le long de son sourcil.

— Alors ça veut dire que c'est le destin ? Tu penses n'avoir qu'une seule compagne possible ?

Il haussa les épaules.

— Oui, je crois. Tous les loups ne s'accouplent pas à vie, mais la plupart d'entre eux, si. Il faudrait vraiment qu'il arrive une catastrophe pour se séparer.

Il plissa le front, comme perdu dans ses pensées.

— Quoi ? demanda-t-elle.

Il déglutit.

— Je pensais juste à ma mère.

— Tu penses qu'elle a choisi la mort plutôt qu'un divorce avec ton père ?

Il hocha la tête.

— Le divorce aurait été inenvisageable. Il l'aurait traquée au bout du monde. Il la voyait plus comme une possession que comme une partenaire. Pareil pour ses enfants.

— Qu'est-ce qui s'est passé entre ton père et le type d'aujourd'hui ?

Ben prit une expression fermée, comme si le souvenir de son enlèvement le mettait en colère.

Elle lui caressa la joue.

— Sandoval était à la tête d'une meute rivale à Caracas. C'était un baron de la drogue, plein aux as, et il devenait chaque jour plus puissant. Mon père craignait que sa meute soit conquise, et il m'a ordonné d'aller à Caracas pour me battre avec lui. Léon avait trouvé le succès aux États-Unis, et donc mon père ne l'a pas convoqué. J'étais pressenti pour hériter de la meute de mon père, alors il était logique que je me rende au Venezuela, mais j'ai ignoré son appel.

— Des menaces ont été proférées ; Sandoval a défié mon père, qui a fait comme si de rien n'était. Comme je ne revenais pas, mon père a pris la voie des lâches et a voulu assassiner Sandoval. Il a posé une bombe dans sa limousine, mais elle a explosé alors que sa femme et ses filles se trouvaient à l'intérieur. Conscient que la situation allait mal tourner, mon père m'a de nouveau convoqué, de plus en plus désespéré. Je me suis rendu indisponible ; je ne répondais ni à ses appels, ni à ses messages. Léon y est allé à ma place, et Sandoval les a tués tous les deux.

Il eut une grimace amère.

— Ben, tu n'es ni coupable ni responsable de leur mort. Tu as choisi de ne pas participer à une lutte qui n'était pas la tienne et qui manquait d'honneur. Ton frère a pris une décision différente, ce qui était son droit. Ça n'a rien à voir avec toi.

— Si, répliqua Ben, et Ashley se figea en voyant la colère sur son visage. Si j'y étais allé, Léon n'aurait jamais eu à prendre cette décision.

— Ce n'est pas vrai. Peut-être qu'il aurait fait le choix de rester, ou peut-être qu'il y serait allé lui aussi. Il était indépendant. Tu ne l'as obligé à rien.

Les yeux de Ben rougirent, et il se laissa tomber sur le dos, le regard fixé au plafond.

— Ben, on choisit tous notre propre destin. Tu es un alpha. Un homme qui prend ses propres décisions. Tu as fait le bon choix. Si tu avais pris un autre chemin... tu ne serais peut-être pas là aujourd'hui, et on ne se serait pas rencontrés.

Ben roula face à elle et l'étouffa d'un baiser.

— Tu es mon destin, dit-il d'une voix étranglée. Après Léon...

Il s'interrompit et déglutit.

— Je ne supportais pas de vivre alors qu'il était mort. Il valait mieux que moi. Il avait une femme et des enfants, une entreprise florissante, une meute qui comptait sur lui. Moi, je n'avais rien ; je n'étais rien. J'aurais tout donné pour troquer ma place contre la sienne ; pour sacrifier ma vie afin qu'il puisse rester.

Une larme lui échappa et roula le long de son nez.

— Mais peut-être... peut-être que tu as raison. Peut-être que j'avais un destin, que je ne voyais pas encore. Un avenir avec toi.

Il s'essuya les joues, et Ashley ravala la boule qu'elle avait dans la gorge.

— Oui. Ton avenir aussi te réservera des succès.

Avec un sourire, il l'embrassa sur le front.

— Tu comptes tellement pour moi que c'est douloureux.

Elle le regarda en clignant des yeux, le cœur débordant de joie.

— Alors, pour revenir à cette histoire d'accouplement... Tu es réellement mon fiancé, désormais, ou c'est juste un truc que tu as dit au médecin pour qu'il te laisse entrer dans ma chambre ?

Ben eut un grand sourire.

— Je suis tout ce que tu voudras bien m'appeler. Nous n'avons pas besoin de poser des mots humains sur notre relation. Pour les loups, je t'ai marquée, et tu es mienne.

Avec un sourire en coin, elle répliqua :

— Tu me vois comme ta chose ?

Il la chatouilla, lui arrachant un cri aigu, et elle serra les coudes contre ses côtes pour essayer de se protéger, sans succès.

— Ce que j'essaye de te dire, c'est que tu ne seras plus débarrassée de moi. Si tu as besoin d'une bague à l'annulaire pour y croire, je t'achèterai le plus gros diamant du monde, mais il faut t'y faire : je ne partirai pas.

— Tu ne partiras pas de ma maison, ou de ma vie ? le taquina-t-elle.

— Mmm, bonne question. Tu veux que je m'installe ici, ou tu préfères emménager chez moi ?

Le cœur d'Ashley s'emballa. Il était sérieux ; il voulait vraiment qu'ils s'installent ensemble.

— Eh bien... ton logement est sans doute beaucoup mieux, dit-elle.

Il sourit.

— Figure-toi que non. C'est juste un appartement banal avec un minimum d'ameublement.

Elle pencha la tête sur le côté. Pourquoi un milliardaire vivait-il si modestement ?

— Tu te punissais ?

Il haussa les épaules.

— Dépenser l'argent de mon frère me mettait mal à l'aise.

— Ce n'est pas la femme de Léon qui a hérité de sa fortune ?

— Si, mais je parlais de mon salaire chez Stone Tech.

— Ce n'est pas l'argent de Léon, mais celui que tu gagnes en travaillant, gros beta.

— Oh oh, dit Ben.

Il la fit rouler sur le ventre et la maintint d'une main au creux de son dos. De l'autre, il asséna plusieurs claques à ses fesses toujours sensibles, la mettant dans tous ses états.

Seigneur, elle adorait qu'il la domine.

— Règle numéro un, petite louve : ne m'insulte jamais.

Il lui donna cinq tapes supplémentaires, qui la firent gémir.

— Tu peux m'appeler Monsieur, ou maître, ou M. Stone.

Le mot *maître* poussa son sexe à se contracter. Elle adorerait servir d'esclave sexuelle à Ben Stone.

Il lui grimpa dessus.

— Écarte les jambes, susurra-t-il à son oreille.

Elle obéit, et son membre plongea droit en elle, sans même être guidé.

La légère douleur lui coupa le souffle.

— Tu as mal, ma petite ?

Elle hésita. Oui, c'était un peu douloureux, mais elle voulait qu'il continue.

— Non, répondit-elle.

Il la prit par les cheveux et lui renversa la tête en arrière, grognant :

— Tu m'as menti ?

Elle se mit à mouiller de plus belle.

— S'il te plaît, n'arrête pas.

Il rit.

— Je vais continuer toute la nuit, si tu me provoques.

Les muscles d'Ashley se contractèrent sur son érection dans un mini-orgasme.

— Je ne suis pas contre, haleta-t-elle quand elle fut de nouveau capable de respirer.

— Trouvons-nous un endroit où vivre ensemble, dit-il en allant et venant en elle.

Des vagues de bonheur pur la submergèrent, bien avant qu'il glisse la main sous son corps pour caresser son clitoris et lui prodiguer un nouvel orgasme renversant.

Chapitre Douze

Il se gara devant l'entrepôt et coupa le moteur. Il vit les véhicules de Mark et de Zolla sur le parking, qui était plein à craquer de voitures et de motos. Il aurait au moins deux amis à l'intérieur. Il avait appelé Stanley pour demander une réunion de la meute.

Il avait amené Ashley, sans bandeau sur les yeux, cette fois. Elle était sa compagne, et s'il intégrait cette meute, ses membres allaient devoir s'habituer à elle. Sa présence lui donnait de la force, le poussait à prendre son courage à deux mains au lieu de baisser la tête comme avant.

Ils entrèrent, et même si le volume des conversations ne baissa pas, il sentit l'attention de la plupart des loups se tourner vers lui. Tout le monde était là : loups comme louves. Il aperçut Shayla à l'autre bout de la pièce, et l'espace d'un instant, il douta. Comment réagirait-elle s'il prenait la place de Léon ? Il n'arrivait pas à la cheville de son frère, ce n'était pas un secret. Elle lui adressa un petit sourire et un salut.

Il le lui rendit. Zolla s'approcha, son corps maigre et nerveux lui donnant l'air d'un adolescent à côté des loups baraqués, non que forme humaine et forme animale soient toujours en corrélation. Il repoussa ses lunettes sur son nez et avec un grand sourire, il lui tendit la main.

Ben la serra.

— Merci d'être venu. J'espère que ce n'était pas gênant.

Il se demandait si certains membres de la meute lui avaient reproché de les avoir quittés.

Zolla haussa les épaules.

— Je m'en fiche, répondit-il avant de se tourner vers sa compagne. Salut, Ashley.

Elle le prit dans ses bras, et Ben fut surpris de constater qu'il n'avait pas envie de casser la figure à Zolla. La marquer avait peut-être chassé une partie de l'agressivité masculine qui s'était emparée de lui dès qu'il avait posé les yeux sur elle. À moins que cela soit dû à la façon délicieuse dont elle s'était offerte à lui la veille.

— Comment va votre jambe ?

Ashley sourit.

— Le médecin parle d'un miracle. La radio exigeait une opération, mais finalement l'os n'avait pas besoin d'être reconstruit.

— On dirait que vous avez de bons gènes, dit Zolla avec un clin d'œil.

Ben enlaça Ashley.

Stanley s'approcha et lui serra la main.

— Tu peux prendre la parole dès que tu es prêt. Tu veux que je fasse une annonce ?

— Nan, pas la peine.

Ben porta deux doigts à ses lèvres et siffla. La pièce devint silencieuse.

— Chers frères, chères sœurs. Merci à tous d'être venus ce soir. Je suis là pour vous remercier de m'avoir soutenu, hier. Vous avez risqué votre peau pour un type qui ne vous avait jamais rien donné. Je n'en méritais pas tant.

Personne ne dit rien.

— Je n'ai pas intégré la meute comme je l'aurais dû. Je sais que je vous ai déçu, et que j'ai déçu Léon.

Il chercha Shayla du regard et la trouva au sein de la foule. Elle lui adressa un petit sourire encourageant.

— Je veux que vous sachiez que dorénavant, je serai des vôtres, si vous m'acceptez. Je serai honoré d'être votre frère, et de me montrer utile, quoi que vous me demandiez.

Pas un bruit.

— Et si on te demandait d'être notre alpha ? intervint Stanley.

Les loups l'observaient patiemment. Il lut le défi dans les yeux de certains membres de la meute. Il affronta leurs regards jusqu'à ce qu'un par un, ils se baissent. Il n'arrivait pas à imaginer qu'ils puissent le vouloir comme leader. Il n'avait jamais montré un talent pour diriger les gens. Bien sûr, il était le plus gros et le plus fort de tous les loups, mais cela ne prouvait rien.

Zolla l'encouragea d'un signe de tête. Pour une raison inconnue, l'oméga croyait en lui. Et son amitié avait sauvé la vie de Ben et Ashley la veille.

Il inclina la tête.

— Je servirai la meute, quel que soit le rôle que l'on me demandera de remplir.

— Être un meneur requiert des sacrifices, déclara Stanley après un nouveau long silence. Hier, j'ai vu que tu étais prêt à mourir pour protéger ta compagne. Offrirais-tu la même protection à ta meute ?

Ben jeta un regard aux visages tournés vers lui. C'étaient ses semblables, des membres de son espèce, des loups vivant parmi les humains. Ils se serraient les coudes.

Sinon, ils prenaient le risque de dévoiler leur secret au monde entier, ce qui pourrait entraîner leur extinction. Stanley avait eu raison : les loups solitaires représentaient une menace. Il avait affaibli la meute en restant à l'écart.

Il déglutit.

— Je suis prêt à donner ma vie pour vous, pour le groupe comme pour chaque individu, jura-t-il solennellement.

Il sentit une vague d'approbation passer dans la salle, bien que personne ne prenne la parole.

— Les loups ne sont pas de grands démocrates, dit Stanley. Mais nous sommes américains, après tout. Qui ici refuse d'être mené par cet alpha ?

Il observa les visages. Certains loups semblaient dubitatifs et croisaient les bras, mais personne ne protesta.

— Je n'ai pas d'expérience en tant que chef de meute, admit Ben, mais je vous promets de me donner à fond.

Zolla se laissa tomber sur un genou et inclina la tête, sa main refermée sur son autre poing dans une position de respect envers l'alpha. Mark et Stanley l'imitèrent. Shayla s'agenouilla aussi, et, étonnamment, elle portait au visage l'expression fière d'un parent face à son enfant diplômé. Un par un, les loups s'agenouillèrent à ses pieds, prouvant leur soumission.

Quand même Ashley imita leur geste, en équilibre sur ses béquilles, un frisson le parcourut. Le signe de la justesse et de l'importance de ce moment.

Touché, il s'agenouilla à son tour, le poing dans la main et la tête baissée.

— Vous m'honorez, dit-il. Je ferai tout ce qui est en mon pouvoir pour vous défendre et vous servir en tant que leader et en tant que frère.

Il renversa la tête en arrière et hurla à la lune.

Toute la meute se joignit à lui, leurs voix mêlées à la

sienne emplissant l'entrepôt métallique de l'écho de leur chant d'union.

Quand les hurlements se turent, il reprit :

— Vous pourrez me parler des affaires courantes dans un instant, mais avant tout, je voudrais vous présenter ma compagne.

Il prit Ashley par la main et l'aida à se remettre debout.

— Voici Ashley. Elle est en partie louve et représente mon salut : c'est elle qui m'a arraché à mes démons. Je sais que d'ordinaire, les humains ne participent pas à nos activités, et je sais que les alpha ne s'accouplent pas aux femelles de leur espèce, mais j'espère que vous l'accueillerez aussi chaleureusement que si elle était louve à cent pour cent.

Il promena un regard dur dans l'assistance pour leur signifier qu'il s'agissait d'un ordre, pas d'une requête.

Il serra la main d'Ashley dans la sienne, conscient qu'elle était nerveuse, mais il savait qu'elle finirait par conquérir les loups les plus réticents. Après tout, elle avait conquis Ben en cinq secondes top chrono.

— Quelqu'un ici a un problème à aborder ce soir, ou on peut passer direct au repas ? demanda-t-il avec un sourire.

Les rassemblements de la meute se finissaient généralement par un pique-nique où chacun partageait le plat qu'il avait apporté et bavardait. Cette fois, Ben avait dit à Stanley qu'il s'occupait de la nourriture, qu'il avait commandée à un restaurant mexicain.

— Mangeons ! lança quelqu'un.

Il sourit.

— Très bien. La nourriture est dans ma voiture. Si quelques-uns d'entre vous pouvaient me donner un coup de main, j'irai chercher tout ça.

Ashley dirigeait déjà ses béquilles vers la porte. Il la rattrapa par la taille et la tira en arrière.

— Où crois-tu aller comme ça ?

— Je vais chercher les plats.

— Et tu les porteras comment ?

Elle cala ses béquilles contre le mur.

— Je n'ai pas vraiment besoin de ça pour marcher.

Il lui jeta un regard sévère et lui montra le canapé.

— Assieds-toi, et ne bouge pas avant que je vienne te chercher, sinon je ferai chauffer ton derrière.

Elle semblait sur le point de protester, alors il la jeta sur son épaule et la porta jusqu'au canapé, où il la posa.

— Pas bouger, ordonna-t-il.

Elle sourit, ses yeux bleus pétillants et ses joues roses.

— Ouaf.

Il lui fit un clin d'œil et sortit. Plusieurs personnes étaient déjà rassemblées autour de sa voiture. Ils ne mirent pas longtemps à porter les plats, qu'ils installèrent sur des tables pliantes au fond de l'entrepôt.

Shayla apparut à ses côtés.

— Il était temps, dit-elle.

— Quoi ?

— Cette meute attend que tu te bouges le cul depuis déjà trois ans, dit-elle, les mains sur les hanches.

Il prit une inspiration.

— Je ne sais pas comment être comme Léon, dit-il, admettant sa plus grosse inquiétude.

Elle lui toucha le bras.

— Sois comme Ben, répondit-elle avec un sourire. Ça nous suffit.

— Merci, dit-il, stupéfait qu'elle le soutienne ainsi.

— Léon serait fier de toi. Il a toujours affirmé que tu réussirais tout ce que tu déciderais d'entreprendre.

Ben cilla et se frotta le nez lorsque sa vision se troubla.

Shayla lui fit une bise, puis le serra dans ses bras.

— Je suis contente pour toi, Ben.

Elle montra Ashley d'un signe du menton.

— Elle a l'air merveilleuse.

— Merci, Shay. C'est gentil.

Sa poitrine était tellement pleine de joie et de chaleur qu'il craignait d'exploser.

Il retourna voir Ashley, ce qui lui prit un moment, obligé d'accepter les félicitations de plusieurs loups en chemin. Une fois devant elle, il la mit debout et l'enlaça, embrassant le sommet de son crâne.

— Bravo, alpha, dit-elle.

Il renversa sa tête en arrière pour l'embrasser sur la bouche.

— Merci d'être avec moi ce soir.

Elle se blottit contre lui et le regarda avec un amour dont il n'était pas digne.

— Merci de m'avoir emmenée.

✳ ✳ ✳

Ben les conduisit au travail le lendemain. Elle était toute guillerette à l'idée de retourner au bureau en tant que compagne de Ben, et plus comme simple assistante, même si elle craignait le qu'en-dira-t-on. Bien sûr, certains diraient qu'elle avait couché pour réussir. Et si Ben introduisait des changements dans l'entreprise, elle serait tenue pour responsable à la moindre décision impopulaire.

Ben ne l'avait pas laissée aller au travail la veille, insistant pour qu'elle suive les conseils du médecin, même si ce dernier ignorait qu'elle avait un pouvoir de guérison de louve. À présent, son plaisir à l'idée de travailler pour Ben remontait à la surface, intensifié plutôt qu'amoindri par leur relation intime.

Ben avait choisi son tailleur, affirmant qu'il mettait ses jambes en valeur. L'ensemble beige était composé d'une longue veste cintrée et d'une jupe courte et moulante. Elle lui avait rappelé qu'elle avait une jambe dans le plâtre, et qu'elle ne pourrait pas le porter aussi bien que la semaine précédente, mais il s'était contenté de lui donner une tape sur les fesses et de lui ordonner de l'enfiler.

— Alors une fois de retour au bureau, je devrai de nouveau t'appeler M. Stone ? lui demanda-t-elle, observant son profil pendant qu'il conduisait.

— Oui, répondit-il avec un petit sourire.

— Ah, on revient aussi aux monosyllabes ?

Il lui jeta un regard en coin, toujours amusé, mais ne dit rien.

— Et aux non-réponses, ajouta-t-elle.

La tête posée sur son siège, elle soupira alors qu'une vague de chaleur traversait tout son corps. Comment se plaindre, quand elle adorait le côté sévère de M. Stone ?

— J'imagine qu'il vaut mieux taire notre relation, au bureau ? s'enquit-elle.

Ben la regarda, ses yeux verts bordés de cils noirs la sondant avec la même intensité que d'habitude.

— Ça ne regarde pas vraiment les autres.

— Je sais, et ils ne mettront sans doute pas très longtemps à comprendre qu'il y a anguille sous roche, si on continue à arriver ensemble, mais il vaut mieux nous cacher, tu ne crois pas ?

— C'est une question, ou une affirmation ?

Elle ouvrit la bouche, puis la fermant sans savoir que répondre.

— C'est ce que tu veux ? lui demanda-t-il.

Elle fronça les sourcils. Ce qu'elle voulait et ce qui valait mieux étaient deux choses différentes. Ou plutôt, elle voulait le beurre et l'argent du beurre : que tout le monde sache que Ben l'avait choisie pour compagne, tout en gardant le respect de ses collègues. Elle poussa un soupir. Pourquoi le monde du travail était-il si compliqué pour les femmes ?

— Oui, je crois, dit-elle enfin.

Ben haussa les épaules.

— D'accord. J'essayerai de ne pas t'arracher ta jupe au bureau.

Elle gloussa.

— Merci. Enfin, je crois.

Ben se gara sur le parking, et ils prirent l'ascenseur ensemble. Elle envisagea d'insister pour qu'ils montent séparément, mais vu que Ben semblait déjà se contenir pour ne pas la porter au lieu de la laisser marcher avec des béquilles, elle se tut.

Karen était à son bureau lorsqu'ils firent leur entrée ensemble, mais si elle trouva cela étrange, elle le garda pour elle.

Ben posa la sacoche d'Ashley à son bureau.

— Tu as besoin de quelque chose ?

— Quoi ? Tu es prêt à me servir le café ? Toi ?

— Si tu demandes gentiment.

Il baissa la voix et ajouta :

— Si tu relèves un peu ta jupe.

Elle rougit et lui jeta un stylo.

— Dehors. C'est moi qui m'occupe du café, ici. Tu en veux un ?

— Non, répondit-il en souriant.

Appuyé contre le chambranle de la porte, il l'admira un moment. Ashley sentit son corps gagner quelques degrés sous son regard avide. Elle ouvrit la bouche, mais ses idées et ses mots s'étaient volatilisés.

Ben lui adressa un clin d'œil, puis se redressa avec une grâce impressionnante, vu sa stature. Il quitta le bureau, lui coupant la respiration au passage.

Ashley sourit. Elle adorait sa vie.

Une quarantaine de minutes plus tard, Ben l'appela.

— Viens dans mon bureau.

Elle prit son ordinateur, mais réalisa bien vite qu'elle ne pouvait pas l'emporter tout en marchant avec des béquilles. Elle l'abandonna et se rendit dans le bureau de Ben en vacillant.

— Ferme la porte, Ashley.

Elle obéit.

— Tu es trop loin, là-bas, dit-il en pointant la direction de son bureau d'un signe de tête.

Elle parvint à sautiller jusqu'à lui avec ses béquilles, et se laissa tomber sur ses genoux.

— Et là, je suis assez près ?

— Mmm, je ne sais pas trop.

Elle s'agenouilla à ses pieds et mordit l'entrejambe de son pantalon, espérant que son souffle humide et chaud atteindrait son sexe à travers le tissu.

— Et maintenant ?

Son érection poussa contre le pantalon. Il grogna.

— Là, c'est peut-être un peu trop près, dit-il d'une voix étranglée.

Il la prit par les avant-bras et l'assit de nouveau sur ses genoux.

Elle fit mine de bouder.

— Ne t'en fais pas, petite assistante. J'exigerai plein de services de cette nature.

Il fit glisser son pouce sur sa lèvre inférieure.

— D'ailleurs, rien que ce matin, j'ai décidé de te prendre dans chaque pièce de l'immeuble. Chaque étage, chaque bureau, chaque cabinet de toilette, chaque salle de réunion, et peut-être même les placards à balais. Combien de temps ça va nous prendre, à ton avis ?

Le sexe d'Ashley pulsait, déjà prêt à s'y mettre.

— Euh... je ne sais pas.

— Eh bien j'aimerais que tu fasses le calcul, Ashley. J'ai besoin d'une liste à cocher. Sur mon bureau avant la fin de la journée, c'est compris ?

Elle sentit les parois de son vagin frémir.

— Oui Monsieur, souffla-t-elle.

— Mais pour l'instant, j'ai un autre travail en tête.

Elle se redressa.

— Que puis-je faire pour vous, M. Stone ? demanda-t-elle sans se départir de son ton sulfureux.

— Tu avais fait la liste des cadres superflus, en fin de compte ?

— Oui Monsieur. Je vous l'apporte ?

— Oui, merci.

Sans lâcher ses hanches pendant qu'elle se levait, il ajouta :

— Et puis tu reviens tout de suite *ici*.

Il la reposa un instant sur ses genoux, et elle gloussa.

— Oui, j'ai beaucoup de projets pour toi dans ce bureau. Il me semble que tu m'avais demandé si je te fesserais au travail ?

Le sourire d'Ashley s'agrandit encore, son désir attisé.

Il agita les sourcils.

— Vous avez intérêt à être irréprochable, Mlle Bell, sinon je vous pencherai sur ce bureau, culotte baissée, et vous savez que Karen entendra tout.

Elle s'empourpra et son pouls s'emballa.

— Je reviens tout de suite avec ce rapport, M. Stone.

Elle abandonna ses béquilles, préférant plaquer les mains sur ses fesses, jetant à Ben un regard de désir pur par-dessus son épaule.

* * *

Ben remua sur son siège pour faire de la place à son érection. Travailler avec Ashley transformerait chaque journée en une délicieuse torture. Étrange comme sa perspective sur son travail chez Stone Tech avait changé. Il n'était plus la même personne. Non seulement il se sentait prêt à diriger l'entreprise de son frère, mais cette idée l'enthousiasmait.

Ashley revint avec son ordinateur, et il réalisa qu'elle ne se servait pas de ses béquilles. Il ne voulait pas qu'elle coure dans tous les sens. Il aurait dû se rendre dans son bureau, mais il savait qu'elle aimait leur jeu de pouvoir.

Elle se rassit sur ses genoux, et il huma l'odeur de ses cheveux en la prenant dans ses bras.

Elle ouvrit son ordinateur et il regarda par-dessus son épaule tandis qu'elle ouvrait son rapport.

— Voici la liste. Je les ai listés du plus gros salaire au plus faible, avec leur nom, l'intitulé de leur poste et la raison pour laquelle, selon moi, ils ne sont pas à la hauteur ou devraient être licenciés.

Il passa rapidement la liste en revue. Visiblement, Ashley avait basé ses décisions sur des objectifs non réalisés, des ventes en berne, des dépassements de budget et des démissions trop fréquentes au sein du service.

— Combien de temps ça t'a pris, de compiler tout ça ?

— Eh bien, j'ai travaillé dessus la semaine dernière, donc une trentaine d'heures pour rassembler et analyser les données nécessaires.

— D'accord. Envoie ton rapport à Beth, aux ressources humaines, et demande-lui de procéder aux licenciements qui s'imposent.

Ashley se crispa.

— Attends... tu vas les renvoyer uniquement sur mes dires ?

— Oui. Pourquoi pas ?

— Eh bien, on parle du gagne-pain de ces personnes, là. Je ne suis pas sûre d'être qualifiée pour que la décision finale me revienne. C'était juste une recommandation de ma part, que tu pourrais consulter pour tirer tes propres conclusions.

— Et je me fie à tes recommandations. Tu veux modifier ta liste, maintenant que tu sais que ta décision est définitive ?

Elle le regarda avec de grands yeux, puis passa sa liste en revue avec frénésie. Au bout d'un moment, elle releva la tête et répondit :

— Non.

Il lui sourit.

— Alors ta première recommandation était la meilleure ?

— Oui Monsieur.

— Gentille fille.

Elle piqua un fard, visiblement ravie.

— Maintenant, Ashley, il faut qu'on discute de quelque chose.

— Oui Monsieur ?

— L'une de tes tâches les plus importantes, en tant qu'assistante et fiancée, c'est de me protéger de mes propres erreurs. Donc si je fais quelque chose d'idiot, comme te demander de m'apporter un rapport alors que je devrais me rendre compte que tu ne peux pas porter ton ordinateur et utiliser tes béquilles en même temps, c'est ton travail de me le faire remarquer, histoire que je ne me sente pas con quand je m'en rends enfin compte par moi-même.

Elle sourit et baissa les yeux.

— Je ne me sens pas sexy du tout, avec ces trucs débiles.

Il la souleva et la pencha sur son bureau. Il souleva sa jupe et fit glisser sa culotte de satin rose le long de ses cuisses.

— Permets-moi de te montrer ce qui t'arrivera si je te revois marcher sans tes béquilles.

Il ouvrit un tiroir, où il trouva une règle en bois de quarante-cinq centimètres de long, cinq centimètres de large et trois millimètres d'épaisseur.

Il l'abattit vivement sur son derrière dénudé.

Avec une exclamation, elle serra les fesses.

— Ben, chuchota-t-elle. Karen va entendre.

— Mmm.

Il remonta sa culotte et réessaya. Le son était un peu plus étouffé.

Elle haleta et se projeta vers l'avant.

Il lui tapota les fesses avec la règle.

— Je vais peut-être devoir trouver quelque chose qui fasse moins de bruit, pour quand tu feras des bêtises.

Ashley gémit, et l'odeur de son excitation lui emplit les narines.

— Parce que je tiens à te montrer immédiatement ce que je pense de tes performances au travail.

Il lui donna un nouveau coup, plus fort cette fois.

Ashley lâcha une plainte aiguë.

Il descendit de nouveau sa culotte, la faisant passer sur le plâtre épais.

— Écarte les jambes, Ash, murmura-t-il.

L'entendre prendre une inspiration l'excita. Il sortit un préservatif de sa poche et ouvrit sa braguette pour l'enfiler sur son érection impatiente. Il frotta son gland entre les jambes d'Ashley, taquinant son clitoris et étalant ses fluides de bas en haut.

— Aujourd'hui, je mets un préservatif, mais parfois, je choisirai peut-être de te remplir de mon sperme, l'avertit-il.

Il se promit de parler sérieusement de contraception avec elle plus tard, mais pour l'instant, la menacer de lui faire porter ses louveteaux l'excitait, et vu la façon dont elle se mit à mouiller de plus belle, l'effet était le même sur elle.

Il se colla à son entrée, écartant ses petites lèvres. Elle s'étira pour le laisser passer, et sa chaleur engouffra son membre. Il s'enfonça pleinement et la saisit par les cheveux pour lui renverser la tête en arrière.

— À qui appartiens-tu ? demanda-t-il d'un ton impérieux, se retirant pour s'enfouir encore plus profondément dans son passage délicieux.

— À toi, haleta-t-elle.

Il lui donna des coups de reins plus rapides, sans libérer ses cheveux.

— Dis : *j'appartiens à Ben Stone.*

Elle était trempée.

— J'appartiens à Ben Stone.

Il en eut le souffle coupé. Il lâcha ses cheveux, glissa un bras autour de ses hanches pour ne pas cogner son pelvis contre le bois dur, et la prit sauvagement, allant et venant profondément dans sa chaleur jusqu'à ce que les cris rauques d'Ashley lui fassent perdre tout contrôle. Il éjacula, mais continua ses va-et-vient. Glissant une main entre ses jambes, il lui pinça le clitoris. Elle étouffa un cri, cambrée sous son corps, contractée autour de son membre pour en tirer chaque goutte.

Quelques minutes plus tard, quand ils se furent nettoyés, il la rassit sur ses genoux.

— Tu crois que Karen a entendu ça ? la taquina-t-il.

— Oh non, qu'est-ce que tu me fais subir ?

— Je m'assure simplement que tu comprennes l'ampleur de tes devoirs, ici.

Elle se retourna pour le chevaucher et colla ses seins à son visage.

— Je suis à votre disposition, M. Stone.

Il malaxa et pétrit ses fesses, déjà prêt pour un deuxième round.

— Bon sang, gronda-t-il. Tu vas te refaire baiser.

— Tu veux que je parte ?

Il gronda à nouveau. Son odeur lui donnait le tournis, et il était incapable de lâcher ses courbes moelleuses. Il prit sur lui et la libéra.

— Tu ferais mieux de remettre ta culotte et de t'asseoir sur le bureau, hors de portée.

— Bien Monsieur.

Elle s'exécuta, s'installant sur le bureau en croisant ses jambes affûtées, laissant pendre son plâtre.

— Vous aviez autre chose à me dire ?

Il tenta de se concentrer et s'éclaircit la gorge.

— Oui. Je me disais qu'après le travail, on pourrait aller visiter des logements. Sauf si tu préférais qu'on fasse construire ?

Le visage d'Ashley s'illumina.

— Ooh, vraiment ? Pour qu'on y emménage ?

Il sourit.

— Oui.

— Construire une maison, ça serait amusant, dit-elle les yeux brillants.

— Qu'est-ce que tu imagines ?

— Quelque chose au pied des montagnes, avec une baie vitrée géante et une super vue.

— Et une piscine ?

— Comment tu sais que je nage ?

Il sourit.

— Tu m'as dit que tu faisais de la natation au lycée. En plus, tu es ma compagne. Connaître tes goûts, c'est mon boulot.

Elle descendit du bureau et se glissa sur ses genoux, posant sa bouche sur la sienne.

— Tu ne cesses de m'étonner.

— Tant mieux, dit-il. Je veux continuer de te surprendre. Si on ne visite pas de maisons, on pourrait peut-être se mettre en quête d'une bague pour ton doigt.

Ashley rougit.

— Je n'ai pas vraiment besoin de bague. Je n'insinuais pas que...

Il l'interrompit d'un baiser.

— Si, tu l'auras, ta bague. Ainsi qu'un mariage comme il faut, pour respecter les coutumes humaines. Sauf si...

Il hésita, soudain incertain.

— Sauf si je vais trop vite et que tu préfères prendre le temps de réfléchir.

Ashley s'esclaffa.

— Je croyais que l'affaire était conclue ? demanda-t-elle en touchant la marque à son épaule.

— Pour moi oui, mais si tu as besoin de temps, je comprends.

Elle plongea le regard dans ses yeux verts, se perdit dans leur chaleur.

— Merci, mais j'ai cru comprendre que j'appartenais déjà à Ben Stone, et je ne vois pas l'intérêt de résister.

Elle sourit et ajouta :

— Par contre, de longues fiançailles permettraient à ma famille et à mes amis d'apprendre à te connaître et de se faire à l'idée.

Il glissa une mèche de cheveux derrière l'oreille d'Ashley.

— Ça me semble parfait, ma chérie.

— Tu n'es pas censé me faire ta demande ou un truc du genre ?

— Oh, dit-il en se redressant. Désolé.

Il s'éclaircit la gorge.

— Ashley Bell, tu es nécessaire à ma vie. Je te veux à mes côtés au travail et dans mon lit, la nuit. J'ai besoin d'être avec toi, de sentir ton odeur et de toucher ta peau pour le restant de mes jours sur cette terre. Si tu m'acceptes comme mari et compagnon, je te promets de me démener chaque jour pour te faire sourire, pour emplir notre foyer d'amour, et pour donner le meilleur de moi-même. Je veillerai sur toi et te protégerai, apprendrai ce dont tu as besoin et ce que tu désires, et je te resterai toujours fidèle. Veux-tu m'épouser ?

— La vache.

— Quoi ?

— C'était la meilleure demande en mariage que j'aie jamais entendue. Je regrette de ne pas l'avoir enregistrée.

— Et tu comptes me répondre ?

Elle prit son visage entre ses mains.

— Ma réponse est oui, mon loup. Je deviendrai ta femme et ta compagne. Je ferai de mon mieux pour te servir, pour remplir notre foyer d'amour et de bébés.

— Louveteaux, corrigea-t-il, un peu hébété.

— Tu veux des louveteaux ? lui demanda-t-elle avec douceur.

Cette fois, elle vit de véritables larmes monter dans ses yeux avant qu'il les ravale.

— Je n'en ai jamais voulu... mais désormais...

Il s'interrompit et déglutit.

— Oui. J'aimerais beaucoup.

— Alors oui. Ma réponse est oui. Je t'appartiens, Ben Stone. De toutes les manières possibles.

— Ashley, murmura-t-il en lui caressant la joue, posant ses lèvres sur les siennes, l'embrassant d'abord avec douceur, puis avec force. Mienne pour toujours. Je t'aime, ma chérie.

— Je t'aime aussi, dit-elle, tentant de lui communiquer la promesse qu'elle lui faisait avec la force de son regard avant de l'embrasser à nouveau.

Lycée Wolf Ridge

Brute Alpha
de Renee Rose

ELLE A TOUT GÂCHÉ… ELLE VA ME LE PAYER.

Chapitre Un

Bailey

Si je ne conduis plus, c'est pour une bonne raison. Une très bonne raison.

Mais dans ces moments là, je regrette d'être du genre à hyperventiler chaque fois que je monte derrière le volant. Ne pas conduire m'oblige à aller au lycée de Wolf Ridge au lieu de celui de Cave Hills.

Cave Hills, le meilleur lycée quand on veut entrer dans une grande université.

Cave Hills, l'école qui devrait être la mienne. L'école que je mérite.

Une école qui se trouve à plus de vingt kilomètres.

Sans voiture, ça pourrait tout aussi bien être cent kilomètres.

Et là, tout de suite, cette absence de véhicule signifie que je suis foutue.

Parce que le bus scolaire vient de passer devant chez moi.

J'entends ses pneus crisser dans ma rue. *Dix minutes en avance !* Je ramasse mon sac sur le canapé et fonce vers la porte sans m'être brossé les dents ou avoir lacé mes chaussures, mais il est déjà trop tard.

— Attendez ! m'écrié-je en agitant les bras et en courant après le bus. Une seconde !

Je le suis sur la moitié de la rue, trébuchant dans mes baskets trop lâches.

Le conducteur m'a *forcément* vue, même s'il ne pouvait pas m'entendre. En tout cas, les élèves m'ont vue. Ils me regardent par la vitre. Ils ne rigolent pas. Ne me montrent pas du doigt.

Je suis comme un poisson dans un bocal. Une créature vaguement intéressante, mais qui ne leur inspirera pas trop de chagrin quand ils me jetteront dans les toilettes et tireront la chasse dans une semaine. Bande de racistes. En Arizona, on aurait pu croire qu'être Latina ne me vaudrait pas d'être discriminée.

Eh, merde.

Je me penche pour faire mes lacets. Mon sac glisse le long de mon dos et me heurte l'arrière du crâne. Je soupire et me redresse.

À côté de chez moi, Cole et Casey Muchmore, les frère et sœur dynamiques, montent dans le pick-up Ford des années cinquante de Cole. S'ils ont vu mon sprint matinal, ils n'en laissent rien paraître.

Leur père, par contre, est à la fenêtre, une bière à la main, et ne cherche même pas à cacher qu'il m'observe. Il est constamment à la fenêtre, sauf quand il crie sur ses gamins, assez fort pour que tout le quartier l'entende.

Mais là, j'aurais juré qu'il souriait. Comme si me regarder courir après le bus l'avait bien fait marrer. Quel con. Tel père, tel fils, j'imagine.

Cole est aussi cool que son pick-up, et encore plus beau. Et il en est conscient. Il s'en délecte. Au lycée de Wolf Ridge, c'est lui le chef, et personne ne semble lui tenir rigueur du fait qu'il vit dans les quartiers pauvres. Ni du fait que son jean soit plein d'huile de moteur parce qu'il passe son temps à réparer des voitures.

Non, Cole Muchmore n'a pas besoin de vêtements chics, de voiture hors de prix ou de quoi que ce soit de cher. Il a quelque chose de bien plus précieux : le statut offert par son rôle de quarterback révéré par tous. Et dans notre lycée, ça fait de lui un demi-dieu.

Je jette un regard à ma dernière occasion d'arriver à l'heure en cours et me demande s'il y a une chance qu'il accepte de m'emmener.

Contrairement aux autres élèves du lycée de Wolf Ridge, les Muchmore ne font pas semblant de ne pas me voir. Ils me jettent des regards noirs. Des regards haineux, même. Je les ai rencontrés le jour de mon emménagement. Je suis allée me présenter, car ils étaient sortis de chez eux pour me dévisager.

Ils m'ont à peine répondu et m'ont regardée comme si j'avais deux têtes. Taylor Swift et Kanye West ont sans doute eu des échanges plus cordiaux que mon interaction avec les Muchmore ce jour-là.

Mais j'ai besoin qu'on me dépose au lycée. Même si je me mets en route à pied dès maintenant, j'arriverai en retard pour mon contrôle d'espagnol, et je ne peux pas appeler ma mère. Si elle est obligée de quitter le travail pour me conduire, elle me fera sans doute un sermon sur le fait qu'il faut que je me remette à conduire.

En plus, son boulot est très prenant.

Je ravale ma phobie sociale et trottine sur le trottoir pour faire signe à Cole. Il ralentit, mais ne s'arrête pas. Sa sœur Casey, une élève de seconde avec une expression patibulaire, baisse sa vitre.

Cole se penche en travers de sa sœur. Ses cheveux noirs sont ébouriffés, ses lèvres pleines tordues par un rictus moqueur.

— Qu'est-ce qu'il y a, Pink, t'as raté le bus ?

Pink.

Il fait référence à la mèche rose pâle qui tranche avec mes cheveux noirs, bien sûr. Ce surnom et la réaction physique malheureuse que me cause la proximité de Cole Muchmore me laissent bouche bée un instant. *Le lycée.* J'ai besoin que l'on m'emmène au lycée.

Je me mets sur la pointe des pieds pour regarder dans le pick-up et croiser le regard de Cole.

— Oui, tu pourrais m'emmener ?

Je me maudis intérieurement d'avoir pris une petite voix toute timide.

Il hausse les épaules et, feignant le regret, il répond :

— Désolé, Pink, je proposerais bien, mais il n'y a pas de place.

N'importe quoi. Il y a largement assez de place entre sa

sœur et lui, il est juste désagréable. J'entends son rire grave alors que sa sœur remonte la vitre.

Je rougis alors qu'ils s'éloignent, et une boule se forme dans ma gorge. Mes yeux me brûlent.

Ne pleure pas. Pas pour ça.

Garde tes larmes pour les choses importantes.

Comme Catrina. Comme les amis que j'ai laissés dans mon ancien lycée.

Mais mes encouragements intérieurs ne fonctionnent pas. Des larmes brûlantes me coulent sur les joues alors que je me mets à courir en direction de l'école.

Je déteste Wolf Ridge. De toutes mes forces.

J'arrive à la première intersection importante et regarde l'heure sur mon téléphone pendant que j'attends que le feu passe au vert.

Mince. Je vais sans doute être en retard.

— Salut !

Une vieille Subaru se gare sur le trottoir, et la porte de derrière s'ouvre.

— Tu as raté le bus, toi aussi ? me demande une petite blonde chétive avec des cheveux dressés dans toutes les directions.

Je l'ai déjà vue dans le bus et au lycée. Elle n'est pas dans la même classe que moi, donc nous n'avons aucun cours ensemble, mais je la reconnais.

— Oui, réponds-je.

Je me tends, prête à recevoir une nouvelle humiliation.

— Monte. Ma mère va nous déposer.

Sa mère me fait signe de m'asseoir d'un air impatient. Elle a les cheveux filasses et la peau prématurément ridée d'une personne qui fume et qui boit trop. La voiture pue le tabac froid.

Le soulagement et la gratitude me submergent tout de même alors que je me glisse sur la banquette arrière.

— Merci. J'avais peur d'arriver en retard.

— J'ai déjà appelé l'école pour me plaindre de ce satané conducteur de bus, râla la conductrice. C'est n'importe quoi. Il ne peut pas se pointer à l'heure qu'il veut. Il est censé respecter l'horaire.

J'acquiesce avec un murmure.

— Moi, c'est Rayne, se présente la jeune fille en se tournant dans son siège pour me dévisager.

Ses yeux bleus sont énormes sur son petit visage en forme de cœur, et elle a un piercing dans le nez.

Je décide immédiatement que je l'aime bien.

— Bailey.

— Je sais, dit-elle.

Cela renforce mon impression de ne pas vraiment être invisible au lycée de Wolf Ridge. On me met volontairement à l'écart.

Mon estomac se serre.

— Merci de vous être arrêtées. Cole Muchmore a carrément refusé de me déposer.

Je ne sais pas pourquoi je lui raconte ça. Je ne suis pas du genre à me plaindre, et j'ai tendance à garder les choses pour moi, mais là, j'ai vraiment besoin de parler à quelqu'un.

Rayne lève les yeux au ciel.

— Cole est un alpha-bruti, comme tous les footballeurs.

J'éclate de rire.

— C'est bien vu, dis-je.

Alpha-bruti. C'est une parfaite description.

Eh bien, il peut aller se faire foutre. Je ne vais pas pleurer à cause de son manque de politesse.

Les types comme lui m'indiffèrent.

Nous arrivons au lycée à temps, et je sors de la Subaru. Les élèves qui descendent à l'arrêt de bus me dévisagent.

— Quoi ? demandé-je à voix haute.

Franchement, ils me regardent comme si j'étais une extraterrestre.

Rayne leur fait un doigt d'honneur et me prend par le coude.

— Fais pas attention à eux. Ils obéissent à l'alpha-bruti comme si c'était leur chef.

— Attends... que leur a-t-il dit ?

Rayne détourne les yeux, et ses joues pâles rougissent.

— Rien. Ne t'en fais pas pour ça. C'est aussi notre lycée ici.

Hein ?

Je ne comprends pas ce qu'elle veut dire par là. Je n'insiste pas. Je n'ai pas envie de me mettre à dos la seule personne qui se montre gentille envers moi.

— Merci de m'avoir déposée. Et de me parler. J'avais l'impression de perdre la boule, ici. Je commençais à croire que tous les gamins étaient des androïdes, comme dans ce film que m'a montré ma mère, dans lequel les hommes tuent leurs femmes pour les remplacer par des robots.

Rayne m'adresse un grand sourire. Elle lève la paume comme pour prêter serment.

— Pas un robot, dit-elle en montrant les élèves qui entrent dans l'établissement en nous dévisageant. Eux, par contre, j'en suis moins sûre.

\#

Cole

Je me glisse dans ma chaise en cours de journalisme

quelques secondes après la sonnerie. Évidemment, l'humaine - ma connasse de voisine - est déjà installée dans le siège voisin et discute avec le prof comme une lèche-cul. Je sens son odeur, un mélange de miel et de cannelle, et mes bourses se contractent.

— Alerte intello, marmonné-je alors que M. Brumgard s'éloigne d'elle.

Il paraît qu'elle suit des cours d'anglais avancés par internet et qu'elle suit ce cours-là en option. Deux doses d'anglais pour le prix d'une. Quelle malade.

Elle joue avec son stylo - je l'ai sans doute perturbée -, et il s'écrase au sol. Mon pote Austin se penche pour le ramasser, puis il voit mon regard noir et réalise à qui appartient le stylo. Il se redresse immédiatement sans ramasser l'objet.

Bien. Le roi du lycée Wolf Ridge est toujours au pouvoir. Personne ne parlera à Bailey ni ne l'aidera tant que je n'aurai pas levé l'interdiction. Je m'attends à ce qu'elle change d'école dans moins d'un mois.

Elle se penche dans l'allée pour ramasser son stylo, mais je donne un coup de pied dedans. Elle perd l'équilibre et manque de tomber de sa chaise, une main posée sur le sol. J'aperçois un morceau de cuisse nue quand sa mini robe se soulève, et un grondement me monte dans la gorge.

Qu'est-ce qui ne va pas, chez moi ? Les filles de son espèce ne m'intéressent pas.

Miss Parfaite, avec sa petite robe et ses grosses baskets. Je jette un regard mauvais dans sa direction, priant pour que mon attirance pour elle s'envole. Malheureusement, la façon dont ses seins étirent l'avant de sa robe à pois me fait bander. Ce qui me pousse à la détester encore plus.

Même sans le conflit entre nos parents, j'estimerais qu'elle n'a pas sa place ici. Elle est trop intelligente. Trop du genre intello sexy. Elle a trop d'assurance pour quelqu'un que tout le monde ignore jour après jour au lycée.

Et le fait que son cerveau et son caractère soient emballés dans ce joli paquet ne fait qu'empirer les choses.

M. Brumgard termine l'appel, puis il annonce :

— Interro surprise sur ce que je vous ai demandé de lire hier !

Tout le monde râle. Tout le monde, sauf Bailey, qui est visiblement impatiente de prouver qu'elle a fait ses devoirs. Brumgard se lève et commence à poser des feuilles retournées sur chaque table.

Je lève les yeux au ciel, irrité, et me colle à mon dossier. Putain, ça craint. Je n'aurai jamais la moyenne, et le premier match de l'année à lieu vendredi. Ce qui signifie que je serai laissé sur le banc de touche. Ce qui signifie que le coach Jamison et toute l'équipe vont me tuer.

Mes coéquipiers se tournent vers moi avec un regard interrogatif plein d'inquiétude. Je secoue la tête, et un soupir parcourt la salle. Toute la classe suit, pas seulement les membres de mon équipe.

Le sport tient une place très importante au lycée Wolf Ridge. Bien plus que les cours.

En présence d'humains, nous mettons nos capacités physiques en sourdine, mais tous les étudiants veulent nous voir gagner. Et j'assure toujours le show contre l'équipe adverse, promenant mon attitude arrogante sur le terrain.

— Vous avez sept minutes pour compléter ce quiz, dit Brumgard en jetant un œil à son téléphone. Vous pouvez commencer.

Le bruissement du papier emplit la salle alors que tout le monde retourne sa feuille. Je prends un stylo et regarde les questions. Je ne comprends même pas ce que je lis.

Mon esprit passe en revue les conséquences possibles

de cette situation. Toutes aboutissent à ma suspension du match pour ne pas avoir eu la moyenne et à la colère de toute l'école.

Mais tout ça, ce n'est rien comparé à ce que je subirai à la maison quand mon père l'apprendra.

Ce qui est ironique, car si je n'ai pas pu faire mes devoirs, c'est parce que j'ai travaillé tard au garage de l'oncle de Bo pour payer les courses, parce que mon père est trop bourré et déprimé pour lever son cul et chercher du boulot.

Je jette un regard à Bailey. La fille que je ne peux pas saquer.

Elle a déjà rempli les trois quarts de l'interro. Et surtout, elle n'a pas encore pris le temps d'écrire son nom en haut de la feuille.

Dans l'une de mes initiatives les plus détestables, j'attrape sa feuille pendant que le prof a le dos tourné, et je glisse la mienne sur son bureau.

Elle rougit et reste bouche bée, mais avant qu'elle puisse protester, tout le monde se tourne vers elle et lui jette un regard noir, notre meute unie.

Elle a beau être humaine, son métabolisme est assez similaire au nôtre pour qu'elle ressente la pression. Se conformer ou mourir. Cette domination de loup est courante, dans la meute. Et je suis leur alpha.

Elle ferme la bouche. Serre les mâchoires. Elle me fusille du regard, puis se penche sur sa feuille et se met à cocher les réponses à toute vitesse.

La sensation triomphante qui m'explose dans la poitrine a plus à voir avec ma victoire sur Bailey qu'avec la bonne note qui m'attend. Je meurs d'envie de la mettre à genoux depuis qu'elle a eu le *culot* d'emménager dans la maison voisine.

Avec un petit sourire en coin, je note mon nom en haut

de la feuille et devine les réponses restantes. Même si je me trompe sur chacune d'entre elles, j'aurai la moyenne.

Pink est une élève brillante. C'est limite un génie. Elle n'a rien à faire à Wolf Ridge, tout comme sa mère n'a rien à faire à la brasserie.

Enfin, quoi qu'il en soit, ses réponses seront justes. Et j'ai seulement besoin d'obtenir un C.

Je la regarde terminer l'interro - sur mon ancienne feuille - les sourcils froncés et les lèvres pincées.

— C'est fini, annonce Brumgard. Posez vos stylos. Faites-moi parvenir vos feuilles, s'il vous plaît.

Bailey me jette un nouveau regard noir avant de rendre son interro, et je hausse les sourcils comme pour la mettre au défi de se plaindre.

Mais elle ne dira rien, et nous le savons tous les deux.

La brute alpha marque un point.

Zéro pour cette sale humaine.

Brute Alpha (Lycée Wolf Ridge, Tome 1)

ELLE A TOUT GÂCHÉ… ELLE VA ME LE PAYER.

Sa mère a fait perdre son travail à mon père. Elle a détruit sa vie.

Et maintenant, je suis obligé de la voir tous les jours.

La voisine. Une *humaine*. Une petite intello sexy.

Elle n'a pas sa place ici ; pas à Wolf Ridge,

pas dans notre lycée, et encore moins dans ma vie.

Elle ignore qui je suis.

Ce qui facilitera ma vengeance.

Je vais la mettre à genoux. Lui transpercer le cœur.

La faire saigner. Pour moi.

Tout ça pour moi.

AVERTISSEMENT : ce roman New Adult comporte des scènes torrides avec des personnages de plus de dix-huit ans et est destiné à des lecteurs adultes.

Brute Alpha

Livre gratuit de Renee Rose

Abonnez-vous à la newsletter de Renee

Abonnez-vous à la newsletter de Renee pour recevoir livre gratuit, des scènes bonus gratuites et pour être avertie de ses nouvelles parutions !

Ouvrages de Renee Rose parus en français

www.reneeroseromance.com/francaise/

Maîtres Zandiens

Son Esclave Humaine
Sa Prisonnière Humaine
Le Dressage de Son Humaine
Sa Rebelle Humaine
Sa Vassale Humaine
Son Compagnon et Maître
Animal de Compagnie Zandien
Sa Possession Humaine

Les Épouses Zandiennes

La Nuit des Zandiens
Achetée par les Zandiens
Dominée par les Zandiens
Les Lumières de Zandia
Détenue par le Zandian
Revendiquée par le Zandian
Enlevée par le Zandian

Sauvée par le Zandian

Alpha Bad Boys
La Tentation de l'Alpha
Le Danger de l'Alpha
Le Trophée de l'Alpha
Le Défi de l'Alpha
L'Obsession de l'Alpha
L'Amour dans l'ascenseur (Histoire bonus de La Tentation de l'Alpha)
Le Désir de l'Alpha
La Guerre de l'Alpha
La Mission de l'Alpha
Le Fleau de l'Alpha
Le Secret de l'Alpha
La Proie de l'Alpha
Le Sang de l'Alpha
Le Soleil de l'Alpha
La Lune de l'Alpha
La Serment de l'Alpha
La Vengeance de l'Alpha
Le Feu de l'Alpha
Le Secours de l'Alpha

Les Loups-Garous de Wall Street
Grand Méchant Patron: Minuit
Grand Méchant Patron: Folie Lunaire
Grand Méchant Patron: Marquée
Grand Méchant Patron : Accouplés

Le Ranch des Loups
Brut
Fauve

Féral
Sauvage
Féroce
Impitoyable

Deux Marques

Indomptée (libre)
Temptée
Désirée
Séduite

Les Nuits de Vegas

Roi de carreau
Atout cœur
Valet de pique
As de cœur
Joker Mortel
Dame de trèfle
Cartes sur Table
Bonne Pioche

La Bratva de Chicago

Prélude
Le Directeur
Le Stratège
Possédée
L'Homme de Main
Le Hacker
Le Bookmaker
Le Nettoyeur
Le Coureur
Le Gardien

Série Made Men
Ne m'Aguiche Pas
Ne me Tente Pas
Ne m'Oblige Pas

Dompte-Moi
Son Maître Royal
Oui, Docteur
Son Maître Russe
Son Maître Marine
Soumise à leur Punition
Son Maître Pompier
Son Maître Cuistot

Alpha des montagnes
Le héros
Rebel
Le Guerrier

Série Chicago Sin
Nid de Péché
Ancré dans le Péché

À propos de Renee Rose

RENEE ROSE, AUTEURE DE BEST-SELLERS D'APRÈS USA TODAY, adore les héros alpha dominants qui ne mâchent pas leurs mots ! Elle a vendu plus d'un million d'exemplaires de romans d'amour torrides, plus ou moins coquins (surtout plus). Ses livres ont figuré dans les catégories « Happily Ever After » et « Popsugar » de USA Today. Nommée *Meilleur nouvel auteur érotique* par Eroticon USA en 2013, elle a aussi remporté le prix d'*Auteur favori de science-fiction et d'anthologie* de Spunky and Sassy, et celui de *Meilleur roman historique* de The Romance Reviews. Elle a fait partie de la liste des meilleures ventes de USA Today sept fois avec plusieurs anthologies.

Abonnez-vous à la newsletter de Renee pour recevoir des scènes bonus gratuites et pour être averti·e de ses nouvelles parutions!
https://www.subscribepage.com/reneerosefr

www.ingramcontent.com/pod-product-compliance
Lightning Source LLC
Chambersburg PA
CBHW070521100726
47907CB00004B/931